恋と主と猫と俺

Yuu Hizaki
火崎勇

CHARADE BUNKO

Illustration

北沢きょう

CONTENTS

恋と主と猫と俺 ———— 7

あとがき ———— 251

彼の第一印象は、『神様みたいな人』だった。

不思議な力を持っているとか、空を飛ぶとか、そういう意味じゃない。

車の音も、人声もしない山の上にある小さな社《やしろ》。古くて、あちこちに猫の彫り物がされているせいもあって不思議な雰囲気を持っているその建物の陰から音もなく現れたから。

白々とした強い夏の日差しと対照的に真っ黒に切り取られた影は異世界への入口で、そこから突然現れたように見えたのだ。

「広江群真《ひろえぐんま》です。母が下條《しもじよう》の家の者です」

驚きながら自己紹介する俺に、彼はにこやかな顔で名乗った。

「そう。私は本條巴《ほんじようともえ》だ」

優しげな人、穏やかな雰囲気。男でも『へえ』と思ってしまうほどのイケメン。

この時、俺は知らなかった。目の前の人が、自分にとって、どれほど大切な人になるか。

ましてこの夏、自分の身に何が起こるのかなんて…。

「群真、夏休みの予定は全部ナシよ」

都心まで電車一本で二十分ちょっと。閑静《かんせい》な住宅外に建つ一軒家が我が広江家のリビングで母親からそう言われて、俺は当然反論した。

「何言ってんの？　友達と旅行の予定もあるし、バイトだってする予定なんだからね」

これが小学生や中学生の頃だったなら、親の命令は絶対だっただろう。だが、俺もう大学四年生。就職も内定ではないが何とかなりそうな話もついていたし、この夏が最後の遊び時間だった。

社会人になったら、もうゆったりとした時間なんて取れないだろう。気ままに友人達と出掛けるなんてこともできないに決まっている。

だから、これは貴重な最後の夏休みとして自由に過ごしたかった。親の言うことなど聞かなくてもいい歳だと思って反対した。

「俺は自分の好きにやるよ。親に付き合う歳じゃないんだから」

だが怒るかと思った母親は、リビングのテーブルの向こうで、大きなため息をついた。

「お母さんだって、夏休みにはお友達と旅行に行く予定があったわよ。でも本家の命令なんだから仕方ないじゃない」

「本家？」

「そうよ、子供の頃行ったでしょう？」

言われて俺は小学校の時に行った母の田舎を思い出した。

山奥の中に建った大きなお屋敷と、どこまでも広がるお墓の群れを。

自分が小さい子供だったからかも知れないが、何もかもが壮大で、まるで映画の中に入り込んだような気分だった。

けれど母親は分家の人間で、しかも女性で外に嫁いだからと、その大きな屋敷には挨拶《あいさつ》に寄っただけで、泊まったのは麓《ふもと》のホテルだった。

そんな扱いの母親が、どうして本家に呼び出されるのだ？

「古いお祭りがあって、それには一族全員参加が厳命なの」

「でも、母さんは分家でしょ？」

「だから言ったでしょう、全員参加だって」

「行かなくてもわかんないんじゃない？」

「ダメなのよ。お父さんがこの家買う時に本家がお金を出してくれたの。その借金もまだ残ってるし、お父さんの勤めてる会社の親会社は本條の本家が大株主なのよ。だから逆らえないの」

「…って、まさか父さんも行くの？」

「そうよ」

「会社は？」

「上からの許可が下りるって」

　父親が会社を休んでまで行くというのなら、俺の反対が通るわけがなかった。

「残念だけど、お友達との約束もバイトもキャンセルしなさい」

「でも夏休み中《じゅう》ってことはないでしょう？　祭りなんて準備入れたってせいぜい一週間ぐらいじゃん」

「祭りというか儀式みたいなものだから、実際は一日か二日ぐらいね。母さんは準備の手伝いがあるからその前二日ぐらいは拘束ね」

「じゃやっぱり四日か五日ぐらいじゃない。何も夏休み全部だなんて言わなくても…」

「何日にやるのか、まだ調整がついてないのよ」

　俺はもう七月に入っているカレンダーを見た。

「そんなに大層なお祭りだか儀式だかをやるっていうのに、まだ決まってないの？」

「学生が多いだろうから、夏休みのどこかってことになってるんだけどね」

「学生が…？」

「サラリーマンだって、お盆休みが取れるでしょう？」

「じゃ、お盆じゃん」

「違うのよ。ああ、もういいわ、そのことは後で説明してあげる。それより、子供は祭りの後、もしかしたら長く引き留められるかも知れないから、お前は予定入れちゃダメよ」

「どうして？　普通そういうのは大人が…」

「いいわね。言うこと聞かないと、お前のお小遣い停止どころか我が家の一大事になるんだから、文句はなしよ。…松崎《まつざき》の幹子《みきこ》さんにお土産どうするか相談しなくちゃ」

「ちょっと、母さん！」

季節は夏の初め。

俺は現在進行形のテストと、その後に来る夏休みの予定で頭がいっぱいだったのに、突然の母親の命令がその全《すべ》てをすっ飛ばした。

田舎で親類達と過ごす？　何て退屈な夏休みになったのだろう。

この時は、そう思っていた…。


「本條の家は、全てなのよ」

七月の下旬、田舎へ向かう車の中で、母はやっと俺に説明してくれた。

「母さんの実家は下條で、分家の一つ。分家は上條《かみじょう》、中條《なかじょう》、下條の三つで、大昔に分家する時にもらった土地が山の上だった方から上、中、下となったの。だから下條の方がいい土地をもらってるのよ」

よくわからないお家自慢も入れながら。

それによると、本條の本家はかつて大名だったが、地元の豪農の娘をもらって身分と土地の両方を手にすると、江戸時代には大名として威勢をふるい、御一新《ごいっしん》の時には農家として土地を手放さず、上手《うま》いことやったらしい。

土地が山間にあり、周囲に注目されないまま蓄財を奪われることなく今日まできたお陰で、今も地元の名士として君臨していた。

そこらの山は全部本條の持ちもの、畑も本條のもの。鉄道はわざと敷かず、道路は立派なものを本宅まで敷いていたが、これは一族の人間が政治家として国や県に入り込んでいるお陰らしい。

「私的にそんなことってできるの？」

「何言ってるの、総理大臣の中には地元から国会まで道路敷いた人や、自宅から一度も踏み切りで待たされないように道路造った人もいたんだから、地元で道路作るのなんて本條の家なら簡単よ」

…そんなものなのだろうか？

まあとにかく、母さんによると、一族の人間には議員さんだけでなく、会社の社長も沢山いるらしい。

本家はその議員には活動資金を、会社には資本金を出したりして大株主になっているせいで、逆らう者は誰もおらず、権勢を維持しているのだ、と。

「じゃ俺にも政治家の親戚《しんせき》がいるってわけだ」

「大臣やってるおじさんは、母さんのおばあちゃんの従兄弟の娘さんの旦那さんよ」

「…遠いな」

「一族っていっても、顔も見たことない人なんていっぱいいるわ。でも、一族と言われれば一族なの」

「うちなんか末席なんでしょう?」

「まあね」

「なのにどうして行かなきゃならないの?」

「それが命令だからよ。本家の代替わりの時には必ず一族郎党が集まることって言われてるの」

「父さんも結婚する時に、それだけは約束させられたよ」

黙って車を運転していた父親も口を挟んだ。

「父さんは本條の家とは関係ないんでしょう?」

「ないよ。父さんは東京の生まれだからね。でも、命令は絶対さ。聞いただろ? 父さんの勤める会社の親会社の大株主が本條さんなんだ」

「知ってて勤めたの?」

「いや、知らなかった。だが結婚してすぐに社長からお祝いを言われて、これは凄《すご》いとこの娘と結婚したなと思ったよ。ま、その後は普通だったけどね」

「マイホーム資金、借りたんでしょ？」

「うん…、まあな。普通に銀行に借りに行くつもりだったんだが、おばあちゃんがそんなことするくらいなら本家に借りろって言い出してね。もし何かあっても、本家から借りるなら何とかなるからって。それに資格審査もいらないし」

「資格審査？」

「銀行からお金を借りる時は資格があるかどうか審査されるんだよ。財産とか、収入とか」

「へえ…」

「だから父さんも逆らえないのさ」

高速を降りて一般道に入ってから、景色は緑一色だった。

道路は二車線で滑らかだが、店や住宅はない。

これが観光だったら、いい景色だねと心も躍《おど》るだろうが、これから一カ月近くを過ごすかも知れない場所となると話は別だ。

コンビニも見当たらないような場所で自分が暮らしていけるだろうか？

「携帯電話の電波、入るのかなぁ」

「バカにしないでよ。携帯の基地局だって造ってあるわよ」

「コンビニは?」

「確か、一軒大きいスーパーがあったわ。田舎のスーパーは都会のファッションビル並みよ」

「見てから考えるよ」

「じゃ、よく見なさい。寄ってくから。あなた、忘れないでよ。そこでジュース買って行くんだから」

「はい、はい」

「ジュースなら自動販売機で買えばいいじゃん」

「ばかね、箱で四つは買って行かないと体裁がつかないのよ。手土産なんだから」

「お土産買ったんじゃないの?」

「それは本家の方用よ。お前も覚えておきなさい。本家の当主宛てには高級品を一品、家自体へは手土産でジュースとかビールとか日もちのするお菓子とかを大量に差し入れるの。それが礼儀よ」

「でも四箱って、八十本ぐらいあるんじゃない?」

「御大家《おたいけ》だから人が多いんで、そういうのはいくらあっても困らないのよ。私達だって飲み食いするんだから」

大人の付き合いって面倒で金がかかる。

現金であげた方が喜ばれる気もするが、きっとそれは失礼だとか言うんだろうな。

「お祭りって何するの？」

俺は本題に触れた。

「お祭りっていうか、儀式ね。大人と子供が別々になって、集まって当主の話を聞くだけよ。お母さんも前に出たけど、大したことじゃないわ」

「その大したことないことにみんなを集めるわけ？」

「色々あるのよ。とにかく、向こうへ行けばわかるわ」

本題のはずなのに、何故《なぜ》か母親はそのことについては説明を省いた。

本当に大したことがないのか、説明しにくいことなのか。

そのまま母の言う大きなスーパーでジュースを箱買いしたが、確かにそのスーパーはでかかった。

一階は食品のスーパーがメインで、花屋やパン屋、子供向けのゲームセンターもあり、二階、三階にはブティックや文具店や本屋、ＣＤショップ等が入っている。レストランというほどではないが飲食店もあった。

これなら大概のものはここで揃《そろ》うだろう。

ただ営業時間は八時までだったけど。それでもこの辺りではきっと一番遅くまで開いてる店なんじゃないだろうか。

俺はそこで万が一を考えて、菓子パンとスナック菓子を買い込んだ。田舎の食事をバカにするわけじゃないけれど、もし得体の知れないものや、食べられないものばかりだったら、夜中に絶対腹が空《す》くだろうと思って。

けれど再び車が走りだした時、自分の買い物が無駄だったことを思い出した。うちの一家は本條の本宅にも、下條の屋敷にも泊まれないんだった。今夜はきっとホテルだろう。それなら食事の心配はないはずだ。

車はまた何もない道を進み、やがて大きな屋敷が見えてくる。

遠くから緑の中に屋根の瓦《かわら》が見える大きな家。けれどこれは本條の家ではない、ここは下條の屋敷、つまり分家だ。東京の俺の家が五戸は入るだろうという大きさなのに。

そこを過ぎると、道は上り坂になる。

同じように大きな中條の家と、上條の屋敷の前を過ぎ、なだらかで大きな山の上まで進むと、そこにやっと本條の本宅が姿を現す。

大きな家だった。

家というより武家屋敷とか、歴史資料館とか、老舗《しにせ》旅館とか、そんな感じだ。

立派な冠木門《かぶきもん》の内側には車を回す大きなロータリーがあり、既《すで》に何台もの車が連なっている。

「広江様ですね。左手の駐車場へお回りください」

玄関先に車を停めると、紺色のはっぴを着た老人がそう言って行き先を手で示した。俺と母親を降ろし、父親だけが車で左手奥の駐車場に向かう。左側の駐車場には父親のと似たような国産車が並んでいたが、右手側は黒塗りの高級車ばかり。きっと右手側が本家筋の人のためのものなのだろう。

父親が来るまで、俺は辺りを見回してみた。

黒光りのする一抱えもありそうな木材が玄関を支え、その上には重みのある瓦屋根。その向こうに何か小さい屋根も見える。

左右に続く棟は木の格子が嵌《は》まった窓を並べてどこまでも続いている。

本当にデカイ。一体何人が住んでいるのか、玄関先に立つだけで威圧感を感じる。

「お待たせ」

と言ってやって来た父親を含め、俺達一家には似合わない雰囲気だ。

沓脱《くつぬ》ぎは黒い大きな石で、上がりがまちから先の廊下は顔が映るほどピカピカに磨《みが》かれた板張り。

龍《りゅう》の絵が描かれた衝立《ついたて》なんて、ここ以外では見たこともない。

「東京の広江様ですね」

そこに小さな文机《ふみづくえ》が置かれていて、背中の丸まったおばあさんが大福帳《だいふくちょう》みたいなものを広げて来客のチェックをしていた。

「下條の美知江《みちえ》です」

「存じております。では、お二人は右手の座敷へどうぞ。坊ちゃんの群真さんは左手の離れの方へ」

「え…？　俺、母さん達と別なの？」

驚きの声を上げると、母親に肘《ひじ》で小突かれた。

「大人と子供は別って言ったでしょう」

「でもまだ着いたばかりで…」

「大丈夫ですよ。他のお子様達とご一緒ですから」

お子様と言われて、嫌な予感がした。もしかして、子供部屋で小さい子の面倒をみさせられるのではないかと。

だが、母さんの目が『文句を言うな』と言ってるので、仕方なく俺は我慢した。

どうせ帰りには一緒になるだろう。だったら、子供の面倒をみることになっても、しかめっ面の老人達の間でペコペコしてるよりはマシかも知れない。子供は嫌いじゃないし。

「どうぞ、こちらへ」

小豆色《あずきいろ》の着物の女性が俺を案内して左側の廊下を進んだ。

格子のある窓の廊下は、どこか閉鎖的だったが、どん突きまで行って右へ折れると、景色が一変した。

廊下の一方は全面のガラス窓、その向こうには整えられた庭園が広がっている。景色が僅《わず》かに歪《ゆが》んでいるのはガラスが古いせいだろう。

廊下のもう一方は、襖《ふすま》が続いているが、そこには小さな鳥の飛んでいる姿が、まるで連続写真のように描かれている。

それが終わると、次には水紋の中を泳ぎ回る鯉《こい》の姿。

上を見ると欄間《らんま》には草むらから顔を出す、鹿《しか》や猪《いのしし》が緻密《ちみつ》な彫りで描かれている。

凄いなあと思っていると、更に廊下を左へ曲がって渡り廊下を渡った。

どうやらこの屋敷は『ひ』の字のように奥で横にまた棟を延ばしているらしい。

「大きいですね」

黙々と歩き続けることが気不味《きまず》くて声をかけると、前をゆく女性は案外明るい声で「御本家ですから」と答えた。

屋敷の重たい雰囲気から、愛想が悪いんじゃないかと思っていた俺は、その声に少しほっとした。

「俺、あんまり家のことには詳しくないんですけど、本家って特別なんですか?」

「そうですねえ。東京からでしたよね?」

「はい」

「都会の方にわかるように説明すると、大きな会社の社長さんみたいなものですね。本家の財力で分家の事業を支援していただいたりしてますし」

母屋では人声がしなかったのに、渡り廊下を渡りきって別棟に入ると、ざわざわとした人声が聞こえてくる。

こちらは人が多くいるようだ。

「今回代替わりってことですけど…」

「ええ、そうです。先代が亡くなられたので、息子さんの巴様がお継ぎになることになったんです。今回はそのお披露目《ひろめ》ですね」

「お披露目で大人と子供を分けるのはどうしてですか?」

「お子様と申しますか、未婚の方です。詳しいことは同じお部屋に上條の息子さんの巧《たくみ》さんがいらっしゃいますから、お話しされるとよろしいですよ。どうぞ」

俺が通されたのは、廊下の奥の方の部屋だった。

案内の女性が廊下に膝《ひざ》をつき、「失礼します」と言ってから襖を開ける。

中は、広い座敷で、そこには三人の男がいた。男、といってもどれも自分と同じくらいの年頃だ。

「下條の繋《つな》がりの方で、広江群真様です」

彼女が紹介するので、わけもわからないまま頭をぺこりと下げる。すると三人の中で一番明るそうな男が一歩前へ出た。

「初めまして、上條巧です。広江ってことは、外に出た人？」

「その『外に出た』っていう意味もわからないですけど、東京から来ました」

「東京か、二十三区内？」

別の、ちょっと肉付きのいい男が声をかける。

「ええ」

「いいなぁ、俺も大学入ったら東京行きたいなあ」

と言うからには、彼は高校生以下らしい。

「ありがとうございます、後は自分達でやります」

巧と名乗った男がそう言うと、案内の女性は一礼して去って行った。そういえば、彼女が『同じお部屋に上條の息子さんの巧さんがいらっしゃいますから、お話しされるとよろしいですよ』と言っていたっけ。とすると、彼はこの部屋のリーダー格ということなのだろう。

「群真くん、でいいよね？　ここでは名字が同じ人間が多いから、下の名前で呼ぶことにしてるんだ。俺は巧でいいよ。一応今年から社会人。そっちの小太りなのが同じ上條の正也《まさや》」

「小太りは酷《ひど》いですよ、巧さん」

「悪い、悪い。じゃ、ぽっちゃりにしとこう。正也は高校二年だ。それからそっちのソバカスのあるのが…」

「中條武《たけし》です。大学三年です」

三人の視線を受け、俺も自己紹介した。

「広江群真です。母が下條の人間です。大学四年です」

「大学四年か。じゃ、やっぱり俺が一番上なんだな」

巧さんはそう言うと、テーブルの回りに集まろうと手で示した。

与えられた部屋は、四人で一部屋を使うらしい。テーブルの上にはお茶のセットとポットが置いてあったが、湯飲みが四つだったので。

「あの…。俺、今回の祭りのことを全然聞いてないんですけど、どういうことをするんでしょうか?」

「俺も知らない。巧さんは知ってるんでしょう? 教えてよ」

俺の問いかけに追従するように正也くんも身を乗り出した。

「俺もよくは知らないよ。ただ、本條の家では、代替わりの時に必ず一族郎党の未婚の子供を集めて当主に顔見せするらしい。当主はそれが終わってからじゃないと結婚相手を選ぶことができないんだってさ」

彼は四人分のお茶を淹《い》れて、それぞれに渡してくれた。

「でも当主は男でしょ? なのにどうして男ばっかり集めるの?」

「女の子もいるよ。っていうか、多分男はカモフラージュなんじゃないかな」

「どういうこと?」

質問は俺に代わって正也くんが主体になった。

「結婚前に、一族に相応な相手がいないかどうかをチェックするために適齢期の女性を集めるんじゃないかって言われてる。ただ若い女ばかり集めると問題があるから、とにかく未婚の人間なら誰でもってことにしてあるんだろうって」

「条件は未婚なの？　だったら、中條の松子《まつこ》さんも未婚だよ？」

「松子さんっていうのは、戦争で婚約者を亡くしたいかず後家《ごけ》のおばあちゃんだ」

俺の隣で、武くんが教えてくれた。

「松子さんは来ないんじゃないかな？　前回の時に参加してるはずだから。本條と血の繋がりのある十歳以上の未婚の男女ではあるけど、一度参加して帰された者は二度目はないって話だから」

「嫁選びって、本家の人間は絶対一族から嫁を選ばなきゃならないの？」

「いや、そんなことはないだろう。先代の奥様は四国の出身だったから」

「じゃ、儀式なんだ。一族の中にこれといった相手は見つかりませんでした。だから他所《よそ》から嫁もらいますって」

「まあそういうことだろうね」

「何すんの？」

「それは俺にも教えてもらえなかったな。そこでのことは絶対他人に話してはいけないんだ。

ただ、長くても一時間以内に終わるってさ」

「俺、部活の夏合宿の途中だから、早く帰りたいんだよね」

「何部？」

「天文」

正也くんが運動部ではないことに納得しながら、俺は二人の話を聞いていた。

母親があまり多くを語らなかったのは、その儀式が嫁取りに関係あるからだったのかも。

父親が隣にいる時に、口にしやすい話題ではないもの。

「集まりは明後日《あさって》だから、暫《しばら》く好きにしてるといいよ。奥の方は立ち入り禁止だけど、他はどこにでも行けるはずだ」

「女の子の部屋にも？」

「声をかけて、許可をもらってからならな」

「俺行ってこよう」

正也くんは立ち上がると、そのまま部屋を出て行った。

「行ったって、相手にされるわけないのに」

と呟《つぶや》いたのは武くんだ。彼は少し神経質そうだった。そして辛辣《しんらつ》っぽい？

「巧さん、俺、少し就職のことで相談があるんですけど…」

その武くんが、俺をちらっと見てそう言った。

向けられた視線は、『邪魔なんだけど』って意思表示だろう。そう取った俺は、さりげなく立ち上がった。

「じゃあ、俺は本宅に入ったのが初めてだから、少し散策してきますよ」

「ああ、それじゃ、お社を見に行くといいかも。初めてだときっと珍《めずら》しいよ。門の外から左手に入る道があるからすぐわかる」

巧さんも、彼の気持ちを察してそう言ってくれた。仕方がない。俺だって三年の時には就職のことを考えるとピリピリしていたものだ。

今だって、一応のアテができたとはいえ、十月を過ぎて完全な内定をもらうまでは心のどこかに引っ掛かっている。

「お言葉に従って、見てきます」

部屋を出て、通って来た道を戻る。

渡り廊下の手前の方の部屋からは大きな声が上がり、開いたままの襖の中に座っていた女の子達と目が合った。

母屋に近い方は女性の部屋、というわけだ。

襖一枚で女の子の部屋に入れるというのは問題だが、きっとどの部屋にも巧さんのようなリーダーというか、監督官的な人物が配されているのだろう。

玄関へ戻ると、当然のようにそこに俺の靴はなかった。

「すみません、外へ出たいのですが、俺の靴は…」

「お名前を」

「広江の群真です」

「お待ちください」

丁度今置かれている靴を片付けている男性に声をかけると、彼はすぐに俺の靴を持って来てくれた。

旅館の下足番みたいに。もっとも、部屋の番号じゃなく、名前でそれをしてくれるところは、旅館の下足番より優秀かも知れない。

靴を履《は》いて外へ出ると、午後とはいえまだ日は高かった。

「朝一番で家を出たからな…」

眩《まぶ》しさに目を細めて歩きだすと、正門からまた一台車が入って来る。黒塗りの車だが、タクシーだった。

玄関前で客を降ろし、丁度門を出た俺の横を走り去って行った。

巧さんの言った通り、門の左側の道を進むと、すぐに小さな鳥居《とりい》を見つけた。

ここが参道なのだろうと奥へ進む。

夏の、どこもかしこも白々とさせる強い日差しは木立に阻《はば》まれ、辺りが急に暗くなったような気がした。

振り返ると、切り取られたように明るい景色がある。

異次元へのトンネル、と言われたらちょっと信じてしまいそうになるくっきりとした光の違いだ。けれどそれに怯《おび》えるほど、中二病ではなかった。

むしろ、涼しくなって歩きやすいとずんずん奥へ進んだ。

大人が両手を広げて通れるくらいの小道は、人の行き来があるのだろう、整備はされていないが土は踏み固められている。

両側の大きな木が枝を伸ばしてアーチを作っているので、小道が終わるまでは涼しいままだった。

その涼しさを求めてか、途中で丸くなっている猫を見かけた。

可愛《かわい》かったけれど、昼寝の邪魔をしては可哀想《かわいそう》だと思って眺めるだけにした、でもふかふかの毛には触れたかった。俺は猫が好きなので。

やがて小道が終わると、そこもまた白い光に満ちていた。

白い敷石が、新たな鳥居に続き、その向こうには適度な日陰を作る道が更に続いている。

俺は迷うことなくその道を進み、広い広場のような場所に出た。神社の内部に広場という言葉は相応《ふさわ》しくないのかも知れないが。

右手に手水舎《ちょうずば》があり、綺麗《きれい》な水と木の柄杓《ひしゃく》が置かれている。水道を出しっ放しにしているとは思えないので、きっと湧《わ》き水《みず》か何かを利用しているのだろう。柄杓で水をすくい、手にかけるとひんやりと冷たかった。

じんわりと汗をかき始めていた俺は、たっぷりと水を使って、手から冷気を取り入れた。

それから奥の社に近づき、巧さんが『珍しい』と言った意味を知った。

普通、神社の本殿には、龍とか、虎《とら》とか、象《ぞう》とか、そんなものが施されているのだが、ここの神社には猫が多く使われていたのだ。

柱にも、鴨居《かもい》にも猫の彫刻がある。寝てる猫、遊んでいる猫、美しい立ち姿の猫。

日光《にっこう》の東照宮《とうしょうぐう》には有名な眠り猫があるが、それ以外で見るのは初めてだ。

「可愛いな」

一言漏《も》らして柱の猫の彫刻に触れると、どこからか「猫が好きかい？」という声がした。

自分に続いて来た者はいなかったので、俺は一瞬社の神様の声かと思ってしまった。

だがそうではなかった。

「驚かせたかな」

と言って姿を見せたのは、一人の男性だった。

涼やかな目をした背の高い着物姿の男の人は、辺りの風景にあまりにもピッタリしていて、ここの神様が人間に姿を変えて出て来たのかと思った。

顔もいいけど、何というか、とても印象的だったのだ。纏《まと》う雰囲気に落ち着きがあって。

「びっくりしました。誰もいないかと思ったので」

「それはすまなかったね。君は…？」

けれど、それは考えすぎだ。

にこやかな表情で近づいて来る彼には、ちゃんと人の気配があった。

「広江群真です。母が下條の家の者です」

俺は今日何度目かになる自己紹介を口にした。

「そう。私は本條巴だ」

「本條…ってことはここの本宅の人なんですね？」

彼はちょっと困った顔をして微笑《ほほえ》んでから、頷《うなず》いた。

「そうだよ。そこは暑いだろう、こっちへ来るといい」

何故彼が困った顔をしたのかはわからないが、屋根の下へ招かれたのはありがたかった。

炎天下に立っているのは辛かったので。

軒下に二人で並ぶと、彼からはいい匂《にお》いがした。香水なんかじゃない、多分お香か何かの匂いだろう。その香りも、彼に合っている。

「ここは猫を祀《まつ》ってるんですか？」

「そうだよ。本條の家の守り神だ」

「へえ、珍しいですよね」

「そうだね」

「ここには猫が多いんですか？　さっき参道にも猫がいましたけど」

「そんなには多くないな。本宅で飼ってる猫だけだ。三匹いる。子供が生まれると下の家へやるから増えないんだ。ああ、でも下の家の猫がここまで上がって来ることもあるかもね。本條の家の猫は、紫の組み紐《くひも》が首輪になってるから、すぐに見分けがつくよ」

「へえ…」

さっきのはどうだったろう？　丸まっていたので首元は見えなかった。

「広江、ということは地元じゃないいんだろう？　どこか遠くから来たの？　突然こんな田舎に呼び付けられて、迷惑だったね」

「いえ、そんな…」

「まあ数日で終わるから、少しだけの我慢だ。君達は」

『君達は』？　どういう意味だろう？

「はあ。お祭りは明後日なんですよね？」

「祭り？　ああ儀式ね。そうだよ。退屈なら、明日はみんなでどこかに出掛けるといい」

「どこかって言っても、この辺りに何かあるんですか？　あ、いえ。俺はここらのことを知らないので」

何にもない田舎と言ったふうに取られないように、俺は自分の無知を付け足した。

「そうだね。誰かに訊《き》いておこう。夕食の席で説明してもらえるように」

「あ、いえ。そこまで大事にしなくても…」

「いや、きっと君だけじゃなく、みんなそう思ってるだろう。この屋敷に楽しい場所がある
わけでもないしね」

「でも、見てるだけでも凄いですよ。一度は住んでみたいな」

「一度ぐらいならいいかもね」

「楽しいですよ」

「それはよかった」

彼は優しく笑った。

その笑顔も、厭味《いやみ》がなくていい。ただ、都会育ちの俺が本気で言ったわけじゃない、とい
うのはバレてしまったみたいだけれど。

「本條さん…、巴さん？」

「巴でいいよ」

「巴さんも、その儀式に参加するんですか？」

彼はまた戸惑うような表情になった。

「まあ一応」

「何するか知ってます？」

「その時まで秘密なんだよ。先入観を持たないように」

「ってことは知ってるんですね？」

「秘密さ」

今度は少しいたずらっぽく笑う。

いいなあ。この人、年上なのに話しやすい。

上から目線じゃないっていうか、構えてないっていうか。

「さて、私はそろそろ戻るが、君はどうする？」

「もう少し見て行きます。珍しいので」

「そう。暑気あたりしないようにね」

「はい」

彼はその場を離れると、俺が入って来たのとは違う方向へ向かって歩きだした。

社の斜め奥に、気が付かなかったが小さな木戸がある。位置からして、あれは母屋へ続く道なのだろう。

木戸のところで彼はこちらを振り向いて、笑顔を見せて手を振ると、木戸の向こうへ姿を消した。

イケメンだったな。

俺が女だったらウットリだ。いや、男の俺だって、ちょっと雰囲気に呑《の》まれそうだった。

きりりとした眉《まゆ》に、眦《まなじり》が上がった切れ長の目、鼻筋は長く、高く、東京だったら絶対モデルだと思う顔立ちだった。

真っすぐな長い髪が肩まで伸びているのを見ると、会社勤めではないのだろう。日本画家みたいな雰囲気だった。大人で、落ち着いていて。

俺はどちらかというと穏やかな父親に似て、丸くて大きな目だから、彼の大人っぽい目元には憧《あこが》れた。まあ、この顔も、愛想はよさそうと言われて、人好きされる顔ではあるのだけれど。男としてはかっこいい顔の方がいい。

彼がいなくなると、辺りはまた蟬《せみ》の声だけが響く賑《にぎ》やかな静寂に包まれた。人の気配がないというだけで、蟬の声がうるさくても静かだと思うのは都会育ちのせいかも知れない。

彼の他に人がやって来る気配はなく、また一人ぼっちになると、俺は再びその社をしげしげと見つめた。

守り神が猫っていうのはちょっといいなと思いながら。


その後も、ぶらぶらしながら部屋に戻ると、二人はまだ話をしていたが、もう話題は就職のことではなかった。

戻った俺も仲間に入り、くだらない話をしていると、夕飯を知らせる声が響き、俺達も部屋を出た。

夕食の時には親達と一緒の大広間に集められたが、席は別だった。

どうせ田舎の料理と思っていたのだが、食事は豪華だった。

本当に旅館だ。

広間に集まっているのは、大人と子供を合わせると、百人ほどだろうか？

巧さんが言うには、これでまだ半分も集まっていないそうだ。しかも、本家の人間は別室での食事だし、地元の分家のお屋敷の人間も明日にならないと来ないらしい。

最終的には何人集まるんだか。

食事の後、両親と少し話をしてから部屋へ戻ると、もうちゃんと布団が敷いてあった。

他の三人と喋《しゃべ》りながら、正也くんが持って来ていたゲームをやり、時間を過ごしていると、風呂に呼ばれた。

風呂場も大きく、そこで父親に会った。父達は六人部屋で、夫婦三組が同じ部屋なのだそうだ。

「子供の部屋に行き来は自由だそうだが、お前の部屋がわからないからな。明日の朝まで別々だ」

と言う父親からは少し酒の匂いがした。

部屋へ戻り、また少しの時間を過ごし、眠りについた。

疲れていたのか、夢の一欠《ひとか》けらも見ずに。

翌日は何をして過ごそうかと思っていたら、朝食の時に一つの提案がなされた。

「私共の方で、バスを用意いたしました。近くのハーブガーデンまで遊びに行かれたい方はどうぞ。巨大迷路などもありますから、お子様連れでも楽しめると思います」

もちろん、俺はその提案に飛びついた。

今日一日、どうやって過ごそうかと悩んでいるところだったから。

両親にしても、何だったら車を出してどこかへ出掛けるかと計画していたところだったので、喜んだ。

特に父親は自分が車を運転しなくて済むというところに。

バスは小型だったが三台仕立てられていて、それぞれいっぱいに人が乗り込み、目的地へ向かった。

ハーブガーデンは思っていたよりも大きく、一部では苗などを売っていて、母親は帰りに絶対寄ってくれと父親にせがんでいた。

昼食の時そこで巧さんと行き会い、彼を両親に紹介し、四人で巡ることになったのだが、その際彼からここも本條のものだということを聞かされた。

「近くにオルゴールの館とか、絵本の館とかもあるよ。これといった観光がないけど、温泉街があってね。そこの客を楽しませるため、というかそこに客を集めるために造ったんだそうだ。今時の観光地には必ずそういうものがあるからね」

「それでそこで本條の人間が働くんだ？」

「そういうこと。産業の少ない田舎だけれど、こういう施設があると若い人も働けるしね」

彼は千葉の方で暮らしているらしいが、高校まではここに住んでいて、両親は今もこちらに住んでいるとのことだった。だから色々と詳しいのだろう。

「ご両親は来ないの？」

俺は庭園を巡る両親から離れ、彼と二人でカフェに入った。帰りのバスの時間は決まってるし、もう草花は堪能したので。

「親は何をするか知ってるからね、自分達に用はないと思ってるんだ」

「じゃ、本当はうちの両親も来なくてよかったってこと？」

「いや、県外に住んでる場合は、色々あるから親もついて来た方がいいんじゃないかな」

「色々って？」

「もし花嫁に選ばれたら、ね」

「本当に？」

巧さんは笑った。

「どうだかねぇ。この儀式の後に結婚した当主が多いってだけかも。でも未成年は子供だけ預かるってわけにはいかないからだろう」

「俺は二十歳《はたち》を過ぎてますよ」

「学生は未成年扱いさ、特に地方ではね」

それには納得した。

「明日が過ぎれば、全部終わりさ。明後日の朝一番に俺は帰るつもりだ」

「どうして？　ああ、会社があるからですか？」

「いや、本條の本宅が閉鎖的で好きじゃないからさ」

俺は彼の言葉に驚いた。その声の響きに、嫌悪が含まれているような気がしたので。

「本條は特別なんだ。分家とは違う。そしてその違いを外には出さない。秘密主義的なところがあってね。あの屋敷は母屋を中心に放射状に五つの棟がある。俺達が滞在しているようなところが全部で四つあるんだ」

「四つ？　今、五つの棟があるって…」

「奥へ続く五つ目は、分家の人間は立ち入れない。あの山はあそこが頂上じゃなく、あの上にまだ先がある。その山の頂へ向かってぴったりと張り付くように五つ目の棟があるんだ。近くからだとわからないが、遠くから見ると城のように見える、ね」

「へえ…。でもそこが立ち入り禁止だからって閉鎖的とは言えないんじゃないですか？　本宅の人間の居住地区なのかも」

「かも知れない。でも俺は嫌いなんだ。何ていうか…迷信的で。今回の祭りのことにしても、今時、権力や金にものを言わせてまで一族郎党集めるなんて、旧時代すぎるだろう?」

「それはそうですね」

俺は同意を示したのだが、彼は言いすぎたと思ったのか、そこで語調を変えた。

「まあ、群真くんはすぐに東京へ戻るんだし、あんまり気にしなくていいと思うよ」

彼はここの育ちの人間だから、色々しがらみもあるのだろう。俺のような外部の人間が口出ししない方がいいようなことも。

お社の猫の話もしようと思ったのだが、それも家にまつわることに繋がりそうなので、適当に話題を変えた。会社勤めの厳しさとか、一人暮らしのこととか。

夕暮れが近づいてきた頃、皆がバスに集まり、またあの屋敷へ戻った。

言われていたので、山の麓に差しかかる時見上げてみると、確かに頂上に城のようなものが見えた。

夕暮れの朱と紫の交じった空に、それは一種不気味なものに見えた、多分、巧さんの言葉のせいだろう。

屋敷は昨日より賑やかで、駐車場にはこれ以上ないほど車が詰め込まれていた。

すぐに呼ばれた夕食の席も、座敷はいっぱいで、もう一体何人いるのかわからないほどだ。

でも、あの社で会った巴さんとは会えなかった。もう一度会ってみたかったのに。

ここで猟奇《りょうき》殺人でも起これば映画だな。で、巴さんが名探偵。不謹慎だとは思うけれど、そんなことを考えてちょっと心の中で笑った。

だがもちろんそんなことが起ころうはずもなく、豪華な夕食に舌鼓《したつづみ》を打った後は、順番に風呂に入り、また部屋で会話を楽しんだ。

正也くんは屋敷に残って、女性達と過ごしたそうで、その成果を、あまりはかばかしくないようだったが、とにかく少しは親しくなれたのだということを自慢した。

武くんも屋敷に残り、大人達と親交を深め、将来のために努力していたらしい。

特に変わったこともなく、ただ人数が多いだけの親戚の集まりだ。

これがあと一日続いたら、全て終わり。

俺も東京へ戻って、バイトはもう無理だろうけれど、友人達とどこかへ行く計画を練り直そう。

そんなことを考えながら、二日目が終わった。

三日目の朝。

祭りの当日だと聞いていたのに、特に変わった様子もなく俺達は朝食を摂《と》った。

その席で、着物姿の老齢の婦人が、重々しく口を開いた。

「本日はお子様達に考査を行わせていただきます。午後四時になりましたら、お迎えに上がりますので、その時はお出掛けになりませんように。定めに従い、十歳から四十歳までの未婚の男女に参加していただきます。参加する者は衣服を整えて、ここに集まってください。ご案内いたしますので」

皆は手を止めて、彼女の言葉に聞き入った。

「考査は簡単なもので、すぐに終わります。それが終わりましたら、皆様にはお社に詣《もう》でていただいた後、宴席を設けます。何かご質問は？」

「親は付き添ってはいけないの？」

部屋の隅の方から、声が上がった。

「なりません。未婚の男女のみです」

「でもうちの娘はまだ十二なんです」

「考査の場所には私共が付きますし、皆様ご一緒ですから、ご心配されるようなことはございません」

「四時までは何をしてればいいのかね？」

今度は部屋の中央に座っていた男性が声をかけた。

「何でも。ご自由になさってください。お子様方の考査の参加は絶対ですが、親御様達は席を外されても構いません。他にご質問がなければ、これで。もし後から何か気にかかることがありましたら、私は玄関脇の部屋におりますので、いつでもお訪ねください」

それで終わりだった。

彼女が去ると、ざわめきがさざ波のように広がり、皆が不安そうな顔をしていた。

食事が終わって部屋に戻ると、四人の間にも奇妙な緊張感が漂っていた。

「考査って、何するんだろう?」

その不安をすぐに口にしたのは、一番年下の正也くんだった。

「さあね。そのことについては誰も言わないから」

「巧さんの親も?」

「前回参加したらしいが、それを口にすれば全ての援助が打ち切られるらしい。ただ、深刻なことじゃないとは言ってたよ」

「下條の敦子《あつこ》さんとか上條の川上《かわかみ》の美喜《みき》さんとかは、一番いい服着て行くって言ってたよ。やっぱり花嫁選びなのかな? だとしたら男は関係ないよね?」

「じゃあ花嫁選びじゃないんじゃないか」

武くんが煩《わずら》わしそうに言った。

「でも未婚の男女だよ?」

「だから? あと数時間すればわかることをごちゃごちゃ言っても仕方がないだろ。そんなことより、着替えたらどうだ？　衣服を整えてって言われただろう。Tシャツジーパンじゃ不味いんじゃないのか？」

「学校の制服着るよ。制服なら天皇陛下にだって会える正装だから」

「だったら着替えろよ」

「昼飯の後にするんだ。汚すと大変だから」

話している間に、襖の外から声がした。

「巧、いいか？」

「どうぞ」

巧さんが答えると、襖が開いて、よく似た顔の男女が入って来た。

「辰巳《たつみ》、どうした？」

「うん、ちょっと頼みがあって」

女の子の方は、辰巳と呼ばれた男の後ろに隠れるようにして一緒に部屋へ入って来た。

「紹介するよ、上條の辰巳だ。俺の従兄弟。後ろにいるのは妹の理子《りこ》。こっちは中條の武と下條の広江群真。正也は知ってるよな」

「ああ」

辰巳さんはちらりと俺達の方を見たが、あまり興味は示さなかった。

「実は頼みがあってさ。もし考査が噂《うわさ》通り花嫁選びだったら、理子のことを推薦してくれないかな」

「推薦?」

「何が起こるかわからないけど、もしもそんなような話になったら、だよ。お前だって、上條の人間が当主の花嫁になるのは歓迎だろ?」

巧さんは目を細めてうんざりした顔をした。

「もしそういうことになったら考えるよ」

「頼んだぞ。理子、行こう」

出て行く前に、彼は武くんをちらっと見た。

中條の人間だから、敵とでも思ったのかも知れない。そして俺が無視されたのは、外戚《がいせき》では力がないと見たのだろう。

「失礼なヤツ」

武くんも、自分がどういう扱いを受けたのか悟ったらしい。

「巧さんも、本当にあんなお願い聞くわけじゃないでしょう?」

「実際何が起こるかわからないんだ。何も考えてないよ」

嫌な気分だった。俺は簡単に考えていたけれど、この土地で暮らす者にとっては、本條の当主の嫁になるということには大きな意味があるのだ。

いや、この土地で暮らしていなくても、母から聞いた本條の財力や権力が真実なら、それを手にしたいと思う者は多くいるだろう。

花嫁選びが噂に過ぎなくても、本腰を入れて狙《ねら》う女性は多いに違いない。

多分、女性達の部屋は、男の部屋よりもそういう戦いが顕著なのだろう。

俺には関係のないことだけれど。

女の子の部屋に行ってみたいという気分は今の一件で消えうせた。どろどろとした女の戦いには足を踏み入れたくなかったし、俺なんか眼中にないだろうから。

両親のところへ行ってもよかったのだが、きっとそこでも同じように牽制《けんせい》がされているだろう。大人だけにもっとあてこすりみたいなことをされてるかも。そこへわざわざ餌食《えじき》になりに行きたくなかった。

となると、待ち時間は長く、暇《ひま》を持て余してしまう。

巧さんと話を、と思ったが、彼はさっきの従兄弟の出現で気分を害したのか、黙って部屋を出て行ってしまった。

正也くんはまた女の子部屋へ。もしかしたら意中の人がいるのかも。

武くんも、俺と二人きりになると、ちょっと出て来るからといなくなってしまった。

屋敷中が、妙な雰囲気だ。

俺は仕方なく、持ってきていた文庫本を読んで時間を潰《つぶ》した。

昼食は、外に食べに行った者もいるのか、朝より人が少なかった。それでも結構な人数が黙々と食事をしている姿というのは鬼気《きき》迫るものがある。

食事を終えて渡り廊下を渡って部屋へ戻ると、微《かす》かに化粧品の匂いが漂っていた。

そして夕方の四時。

奥の部屋から順に「お集まりください」という声がかかり、俺達の部屋にも案内の人が顔を出す。

白いシャツに着替えて廊下に出ると、そこには既に何人もの人間が母屋を目指して歩いていた。

列の流れに沿って母屋の座敷に向かい、全員が集まったところで、また別の場所へ移動させられる。口を開く者は僅かで、まるで疲れたサラリーマンの帰宅みたいだ。

古いけどピカピカの板張りの廊下を、奥へ向かって進む。

「こちらへ、順に詰めてお座りください」

舞台のように少し高くなっている上座に金屏風《きんびょうぶ》が飾られ、時代劇なんかで見る殿様の座るところのようだった。多分、あそこに当主が座るのだろう。真ん中には大きなぶ厚い座布団が置いてあるから。

広い座敷には、等間隔に薄い座布団が置かれていて、そこへ入った順に座らされる。

先着順に前へ座れるとわかって、本気の女性陣は、さりげなく俺を追い越して前の席をせしめているのが、『戦い』を感じさせた。

いる。


見ると、皆昼食の時とは装いの気合が違う。華やかなワンピースや、楚々《そそ》とした着物姿や、まるで見合い会場のようだ。中には、これはと思うライバルにきつい視線を向けている者もいた。小さい子供は不安そうに顔見知りを探し、見つけると『○○さん』と声をかけ、怒られている。

男は、まあ大体が俺と同じように、どうしたものかという顔をしていた。

全員が座ると、朝、説明に立った着物姿の女性が現れ、一同を見回した。

「皆様の前に置かれた紙に、ご自分のお名前をお書きになって、そのままお待ちください」

確かに、座布団の前には『右・左』と書かれた以外には真っ白な紙と、ボールペンが置かれていた。

「まだお名前以外は書かないように。決して他人の名前を書いてもなりません」

俺は上の部分に自分の名前、『広江群真』と書き記した。

それを確認するかのように、何人かの女性が座っている者の間を縫って紙を覗《のぞ》いてゆく。

座っている者同士の距離は丁度隣の人の紙が覗けないくらいの距離だった。見ようとしたら身体を傾けねばならず、すぐに気づかれる。カンニング禁止ということなのだろう。

紙に走るペンの音が止《や》むと、重苦しい静寂が訪れた。

誰も何も言わない。

こんなに人がいるのに、咳払《せきばら》い一つ聞こえない。

部屋に入ったばかりの時にはあった囁《ささや》きも、衣擦《きぬず》れの音もない。

その静寂の中で、また先ほどの女性の声が響いた。

「ご当主様でございます」

その声に、紋付袴《もんつきはかま》の男性が、入って来る。

その姿を見て、俺は一瞬驚いた。

てっきり見知らぬおじさんが入って来るかと思ったのに、現れたのは一昨日社で会った巴さんだったから。

あの人が、当主だったのか。

なるほど彼ほどのハンサムなら、女性陣が色めき立つのもわかる。

巴さんは本当の殿様のように正面の座布団に腰を下ろすと、ゆっくりと一同を見回した。

その視線が一瞬自分と合ったように思えて、俺は軽く会釈《えしやく》した。

向こうも気づいたのだろう、おやっ、という顔で微笑む。

だが視線はすぐに全体に向けられてしまった。

「そう硬くならなくてもいいよ。大したことをするわけではないからね」

その言葉は多分、小さい子に向けてなのだろう。穏やかで、優しい声だった。

いいな、好きな声だ。

「今から、君達に二つの掛け軸を見てもらう。右に一幅、左に一幅掛ける。それを見て、何かが見えればそれが何かを、見えなければ見えないと、その紙に書いてもらいたい」

彼の言葉の最中に、男性が二人、身を屈《かが》めて座敷に入って来た。彼等は巴さんの左右に一人ずつ控え、手には古い桐箱《きりばこ》を抱えている。

「何も描かれていない、という場合もあるので、本人が見たままを書いて欲しい。答えを紙に書いたら、退出して構わない」

「すみません」

俺の隣に座っていた男性が、手を挙げた。見た目、三十前後といった感じの男性だ。

「質問してよろしいですか？」

「構わないよ」

「あの…、儀式ってそれだけですか？」

「そうだ」

「そのために、俺達は集められたんですか？」

その男性が少し不満そうに言うと、優しげだった巴さんの顔つきが変わった。

「そうだ。これは本條の家にとって、とても大切なことだ。作業として簡単なことでも」

彼が低くした声でゆっくりと言うと、辺りはしんとした。

格が違う、それを感じたように。

「では、軸を」

巴さんの命令で、控えていた男達が立ち上がり、竹の棒のようなものを使って掛け軸を掛けた。

だが、その軸が広げられた瞬間、微かなざわめきが広がった。

「静かに」

監督役の女性の声が飛ぶ。

そして巴さんは口を噤《つぐ》み、以下はその女性が代わって注意を続けた。

「今、見えているもの、いないものについて、口にしてはなりません。隣の方の紙を盗み見ることも厳禁です。答えを書かれた後は、紙を二つに折り、私のところへお持ちください。紙を提出した後はそのままご退出なさって結構です。座敷の皆様のところへお戻りください。またここで見聞きしたことは絶対に口外してはなりません。掛け軸のことについても同様です。身内であろうとも他人に口外した場合は、本條とは縁を切っていただきます」

「それは、援助を打ち切るということですか?」

さっき挙手した男性が訊いた。

「もちろんです。援助も、後援も、身内としてのお付き合いも全てです。当然全ての家とも縁切りをしていただきます」

またざわめきが広がる。

「ですが、そう難しいことでもございませんでしょう? お約束を守る、それだけのことです。そのような簡単なことすらできない方に信用がおけないと思うのは当然のことです」

その言葉を聞いて、俺はそっちが目的なんじゃないかと思った。

つまり、絵を見て、それを書くという簡単な『秘密』を、ちゃんと秘密として守れるかどうか、という。

色々とお金にまつわる関係が多いようだから、これで相手の口の固さを確かめようというのではないだろうか。

未婚の男女というのは、家庭があれば守るべき相手がいることになるから約束を守るだろうが、独り身や子供では口が軽いと心配してるのではないか、と。

でなければ、見たものをそのまま書くだけなんて簡単なことを、考査なんて仰々《ぎょうぎょう》しく呼ぶわけがない。

皆もそう思ったのだろう。それ以上の質問は出なかった。

「では、書かれた方からご退出くださいませ」

言われて、俺は正面を見た。

巴さんの右手、こちらから見ると左手側には、太い木の股《また》のとこに蹲《うずくま》って眠る黒い猫の絵が描かれている。どういうふうに描いたのかわからないが、細かな毛先まで描写されていてふわふわな感じだ。

これは好きな絵だった。優しい気持ちになれる。

だがその反対側、こちらから見て右手側の絵は嫌な感じだった。

置かれた位置のせいだが、まるで巴さんに向かって吠《ほ》えているような猿《さる》の絵だ。

こちらは筆も荒々しく、牙《きば》を剝《む》いているその顔は憎々しげでもある。絵に詳しいわけではない俺にも、その絵には憎しみが込められてるのが伝わってくる。

目も剝いていて、紙いっぱいに大きく描かれたそれは、近くで見たら子供など怖がって泣いてしまうだろう。斜め前に座る女性も、眉をひそめていた。

だがとにかくこれを書けば終わりなのだ。

ペンの走る音を聞きながら、俺は紙の『左』と書かれた文字の下に『木の上で眠る猫』、『右』と書かれた文字の下には『吠える猿』と書いた。

それから紙を二つに折ると、立ち上がって出入口のところに座っている着物の女性に手渡した。

愛想も何もなく、黙って受け取り軽く会釈される。

これで終わりなのかと思うと、ほっと肩の力が抜け、俺はちらりと巴さんに目を向けた。

もう一度気づいてくれるかな、と期待したけど、彼は残念なことに目を閉じていた。目を開けてたら、また微笑《わら》いかけてくれたかも知れないのに。

一度しか会ってないのだから、さっき微笑んでくれたのは偶然かも知れないけど。

座敷を出たらもう口を利いてもいいのだろうが、廊下を進む者達の中で口を開く者は誰もいなかった。

粛々《しゅくしゅく》と廊下を戻って食事を摂る座敷に行くと、もう既に夕飯の支度はできていて、廊下には満員電車さながらに随分な人が集まっている。

その中に両親もいた。

「群真」

母さんが先に俺を見つけ、父親の肩を叩《たた》いてそれを知らせ、二人揃って近づいて来る。

「どうだった？」

「どうってことはないよ。これで終わりでしょう？」

「そう。家族が揃った者から社にお参りして、食事したら終わりよ」

「やれやれ、これで帰れるか」

肩の荷が下りたというように呟いた父さんの腹を、母さんは肘で小突いた。

「『やれやれ』とか言わないで」

「すまん、すまん。それじゃ、社ってのに行くか。どうやって行くんだ？」

「門の横に参道があるのよ。皆もう行ってるから、行きましょう」

周囲の人間も、皆それぞれ言葉を交わしていたが、耳に入るので多いのはやはり花嫁選びだったかどうかということだった。

そうではなかったと答える娘達に、「やっぱり」と言う者と、「なんだ」と言う者。答えの違いは前回の儀式に参加したかどうかなのだろう。

前回もきっと同じようなことをしておきながら、花嫁選びの噂に期待をしていた者は『やはり』と言うし、何も知らなかった者は噂を信じていただけにがっかりして『なんだ』と落胆を見せるのだ。

もっとも、男達には関係ないことだが。

玄関で靴を履き、外へ出ると、人々の気持ちも緩んできたのか、聞こえてくる会話も日常的なものに変わる。

「帰りは、あのハーブガーデンに寄ってね？」

「会社の人間にも土産買わなきゃいけないから、忘れないよ」

と、両親の会話もいつものものだ。

「社、猫の彫刻があるんだよ。俺、見に行ったんだ」

「へえ、猫なんて珍しいな。大抵は龍とか、蛇《へび》とか、狐《きつね》とかなのにな」

まだ夕暮れには時間があるが、山の上は少し涼しくて気持ちよかった。やるべきことが終わって緊張も解け、気分は初詣《はつもう》でに向かうようなもので、足取りも軽い。

参道をゆるゆると人の流れに乗って進むと、あの広場は人でいっぱいだった。

その中に母は知り合いがいて、俺の知らない女性と話を始めたが、俺と父親は順番待ちして、社に頭を下げた。

やっぱり奇妙な社だ。

ぱっと見には普通なのだが、意匠の猫がそれを神聖というよりも可愛らしく見せる。

「本当だ。珍しいなぁ。猫は魔性に扱われることが多いのに」

「そうなの？」

「化け猫って言うだろう？　西洋にケット・シーっていう二足歩行の猫の妖精《ようせい》とかもいるけど」

「へえ。でも招き猫とかはいい猫じゃん」

「そうだな」

知人と別れて戻って来た母さんと合流し、屋敷に戻ると、早い夕食だ。

席は決まっていないということなので、親子三人並んで夕食を摂り、またそれぞれの部屋へ引き揚げる。

部屋には、もう武くんが戻っていたが他の二人はまだだった。

「これで暫くは会えないね」

と声をかけると、意外にも武くんは「残念だけど、多分ね」と言った。

「群真さん、もう就職決まってるんでしょう？　いいなあ」

どうやら彼の愛想のなさは、性格というより就職のことでナーバスになっていたせいらしい。

ほどなく二人も戻って来て、一緒に過ごす最後の夜を名残惜《なごりお》しみ、車座になって他愛のない話に興じる。

親戚でも、俺の家は東京に出てしまっているから、彼等とはもうそんなに会う機会はないだろう。せっかく仲良くなれたのにと思うと、武くんではないが、残念だった。

「他の部屋の連中も呼んで来ようか？」

正也くんがそう言って立ち上がった時、襖の外から声がした。

「広江群真様、いらっしゃいますか？」

自分の名前を呼ばれて、ふっと顔を向ける。

襖が少し開いて、年配の女性が廊下に座ったまま顔を覗かせた。

「はい、俺ですけど…」

「申し訳ございませんが、奥までいらしていただけませんでしょうか」

「奥…、ですか？」

「はい。巴様がお呼びでございます」

『巴様』と名前が出ると、他の三人もハッと目を向けた。

「用向きは何なんです？」

俺の代わりに、巧さんが質問した。

だがちゃんとした答えはもらえなかった。

「私共ではわかりかねます。お呼びするように申し付けられただけですので」

「いいよ、行って来る。どうせ大した用件じゃないよ。俺は本條の家と関係は薄いし、巴さんとは一回しか会ったことがないんだから」

「会ったのか？」

巧さんは意外そうな顔をした。言わない方がよかっただろうか？

「偶然。一昨日、教えてもらった社に行ったらいたんだ。挨拶しかしなかったけど」

本條の家に近い者にとっては、当主に呼ばれるというのは特別な意味があるんだろう。三人とも妙に緊張している。

けれど、俺にとっては不思議ではあるが意味はない。

「ちょっと待って」

俺は自分のバッグの中から最初の日にスーパーで買った菓子を取り出した。

「これでも食べて待ってて。すぐに戻って来るよ」

そう言って部屋を後にした。

「ではどうぞ、こちらへ」

案内の女性について廊下を進む。

渡り廊下を渡って母屋に行き、そこから奥へ。

考査をした座敷も過ぎて更に奥へ進むと、吹き抜けの広いホールへ出た。

筒状に上へ伸びるその空間の周囲には、壁に張り付くように幅の広い階段が上へと続いている。しっかりとした手摺《てす》りがあるせいで、まるで螺旋《らせん》のバルコニーが続いているようだ。

踊り場ごとに奥へ続く廊下に繋がっているが、それは皆一定方向にしかなかった。

ぐるりと階段を上っては、廊下へ、ぐるりと回っては廊下へ。しかも、その廊下へ続く入口にはみんな小さな軒が付いた、門のようになっている。

これが巧さんの言っていた五つ目の棟なのだろうか？

案内の女性はそこで別の女性へと替わった。

新しい、紫色の着物を着た女性は、目でついて来るように促すと、その階段を上がった。

三階まで上がると、廊下から奥へ入り、障子《しょうじ》の前で座り、中へ声をかけた。

「お連れしました」

「ありがとう、下がっていいよ」

中から男の声がすると、彼女は一礼し、俺を置いて階段を下りて行ってしまった。

残されてどうしようかと思っていると、もう一度中から声がする。

「入りなさい」

促され、俺は障子に手を掛けた。

「…失礼します」

中は、思ったより広くはない、それでも十畳はあろうかという座敷だった。

床の間と、次の間に続く襖。

木の幹をスライスして作ったような歪《いびつ》なテーブルの横には、あの社で会った巴さんが着物姿で座っている。

巴さんは神妙な顔で振り向き俺を見ると、自分で呼んだのだろうに、まず驚きの表情を見せた。

「君…」

それから大きなタメ息をつき、がっくりと項垂《うなだ》れて畳に手をついた。

「…よりによって男か」

失礼な言い方だな。

「何か用ですか？」

ムッとして立ったままそう訊くと、ハッとしたように顔を上げ、彼のすぐ前に置かれた座布団を示した。

「ああ、悪かったね。座りなさい」

彼の目の前にある座布団に腰を下ろす。

「君は…、この前社で会ったね」

「はい」

「広江群真くん、だったっけ?」

名前、覚えててくれたんだ。

たった一度しか会ってないのに。それは嬉しかった。

「はい」

ひょっとしてこの人、呼び出されたのが俺だと知らなかったのだろうか?

「あの、突然呼び出されたんですけど、用件は何でしょうか? 本当に俺を呼び出したんですか?」

彼が見せた驚きの表情に疑問を持って問いかけると彼は頷いた。

「ああ…、確かに呼んだのは君だ。考査の答え、書いただろう?」

「それはまあ」

「だから、今日の考査で見た掛け軸のことを話してもらおうかと思ってね」

「言っていいんですか? 誰にも言うなって言われたんですけど」

「私にはいいんだ。何か見えたか、見えたなら何が描いてあったか、説明してくれないか」

何だろう?

あの絵に何か意味があったんだろうか?

「はあ…。絵が描いてありました。片方は木の上で寝てる黒猫、もう一つにはおっかない猿の吠える顔でした」

「本当に見えてたのか?」

見たままを言ったのに、彼は必死に問い返した。

「見えてたって…、あんなにはっきり描いてあったら誰にだって見えるでしょう。疑うなら他の人に訊いたらどうです?」

嘘《うそ》をついてるとでも言いたいのかと反論すると、彼はがっくりと肩を落とし、意外なことを言った。

「他の人には何も見えていないんだ」

「はあ?」

まるで、全てが終わった、みたいな険《けわ》しい顔。

何でこんな顔をするんだろう。

「あそこにいた全員が、見えていないはずなんだ。誰一人、私以外には」

「あんなにはっきりと描いてあったのに?」

俺の言葉に、彼はまた項垂れた。

「…男だってこともあり得るとは聞いてたが……」

「あの…。何かあったんですか?」

あまりにもがっくりしてるから、心配になって覗き込むと、彼はゆっくりと顔を上げ、信じられないことを口にした。

「君が、私の花嫁だ」

真顔で、真っすぐ俺の顔を見て。

「君があの絵を見てしまった以上、これはもう揺らがない事実なんだ。君にとっても、私にとっても」

これは運命だ、と言うように。


本條の家は、昔からこの辺りを治めていた豪族だった。

戦国時代には（どこまで古いんだ）、ささやかな地方大名になり、江戸時代の末期には先を見越して地元の豪農を取り込み、明治になっても、土地を手放さずに済んだ。

だからこそ、現代の繁栄があるわけだ。

けれど、それは本條の当主の手腕だけ、というわけではなかったらしい。

江戸時代、中央政権から離れたこの場所では特に問題もなく静かな生活だった。

当時は母屋と、この山頂に張り付くように造られた楼閣《ろうかく》しかなかった。

山頂は二つに分かれ、もう一つの頂は手付かずの森となっていたのだが、そこに猿が住み着いた。

人里の近くに猿が住み着くのは珍しいことではなく、最初は当主も、村の者も気にとめることはなかった。

しかし、その猿が集団化し、人を襲うようになったのだ。

畑は荒らされ、家の中まで入られる。歩いていれば突然飛び付かれ、噛《か》み付かれ、荷物を奪われる。

今でもよくある猿害《えんがい》だ。

だが、それだけでは済まなかった。

業を煮やして猿退治に山頂に向かった城の兵士達が、猿に喰《く》い殺されたのだ。

その時点で、猿は獣《けもの》から化け物へと変わった。

山に住む獣、猪だの鹿だの兎《うさぎ》だの熊《くま》だのも喰い、更に赤ん坊まで民家からさらって喰い散らかす。

人々は恐れ慄《おのの》いたが、当時は引っ越して逃げ出すなんてことはできなかった。人は生まれた土地に一生縛り付けられていたのだ。

しかも、大名であっても、必要以上の軍備を整えることはできなかった。

金はあっても、ヘタに人や武器を集めると、幕府への謀反《むほん》を疑われるからだ。

地道に毒餌を撒《ま》いたり、有志で討伐隊《とうばつたい》を出したりしたが、毒餌は子供の前に置かれ、討伐隊はそれまでと同じように喰い散らかされて道に撒かれた。

やがて絶望が村を包んだ時、当主の奥方が本條の家で飼っていた一匹の黒猫を膝に抱いて言った。

「あなたも私もそう永くはないでしょう。あなたがいつからこの家にいるのかはわからないけれど、最期《さいご》の時は殿の側にいてあげてね」

彼女は、大きな寺の娘だった。

法力《ほうりき》はないが、信心も厚く、門前の小僧というやつで退魔の術に心得があった。

領民や夫のことを考え、彼女は自分の身を捨ててそれを行うつもりだった。

猫はメスだった。奥方も可愛がっていたが、彼女は猫が夫にとても懐いているのを知っていたので、自分が亡き後、どうか彼を慰《なぐさ》めて欲しいと猫に頼んだのだ。

すると猫は突然人の言葉を使い、奥方に言った。

「奥方様のお心、感じ入りました。私もあの猿共には腹が立っています。あなたが私に力を貸してくださるなら、私があれを倒してみましょう」

女同士（?）、互いに好いた男のために尽力しようということになったのだ。

そして彼女達は心を合わせて猿と戦った。

だが、猿の恐ろしさに奥方は恐れを抱き、その恐れが、猫の力を削いだ。

猿を打ち倒すことに失敗したのだ。

猿は倒れず、封じることしかできなかった。

そして猫は言った。

「あなたのお心が弱いことを責めはしません。ですが今はこれでおしまいです。猿めはいつかまた力を取り戻し、やつを封じた私や本條の家を呪うでしょう。私はその時までやつと一緒に眠ります。この先、私と共にこの家を守ろうと思ってくださる方が現れるまで」

それが自分ではないと悟った奥方は、それでは息子をと言った。

今は小さいけれど、大きくなったらそう言い聞かせると。

だが猫は首を振った。

「本條の本筋ではだめです。それは私の守りたい者だから、もしお子様が亡くなったら、私の守りたい『家』が消えてしまう。私の力となるのはあなたのように、本條に嫁いでくる者です。この家の者でありながらこの家の者ではない、けれど心を砕いてこの家を守りたいと願う、私と同じ気持ちの者です」

「では、わが子の嫁が?」

「わかりません。気持ちがあっても私の心と合わない者、力の足りない者もいるでしょう。ですから私がそれを選びます」

そして猿は絵に封じられ、猫は、同じように絵の中で休養につき、次なる戦いの日を待つことになった。

「私を感じる者が現れることを信じております」

猫のその言葉を最後にして。

いつか、自分達の姿を見ることができる者が現れるまで。

心を繋いで共に戦える者が現れるまで。

いつまでも、いつまでも…。


「それを…、巴さんは信じているんですか？」

彼が本條に伝わる昔話を説明し終わった後、俺は訊いた。

彼は真顔で頷いた。

「この平成の世の中に？」

「言いたいことはわかるよ。だが、文献として残っている事件が幾つかある」

「幾つか？」

「一つは最初の事件。これは猿による災害として本條の家にも、周囲の藩の文献にもある。中身は、幕府に猿討伐のために武器の使用許可を求めたらしい書簡の返事だ。答えは『許可できない』だったけど」

「つまり、猿の被害は事実だったわけですね。でもそれだけでしょう？」

部屋は静かだった。

この楼に上がって来る者はいないのかも。

彼は用意されていたポットでお茶を淹れてくれた。

自分も淹れ、口を湿らせるように一口飲むと、着物の袂《たもと》から出したタバコを咥《くわ》えた。

「その後、嫁いで来た娘が亡くなる事件が何件かあるんだ。全身に猿に咬《か》まれたような傷を残して」

「でもそれは現実の猿かも知れないでしょう？」

「かも知れない。だが問題は大正時代にも同じことがあったってことだ」

「大正時代？」

「写真も、文献もしっかりしてる、近代にだね」

「どんなふうに？」

巴さんはふうっと息を吐いて声のトーンを上げた。

「この儀式は、本條の嫁になる者を選ぶための儀式として伝わっている」

では噂は真実だったのか。

「普通の者には白紙にしか見えない掛け軸に絵が見えた者が、文句なく本條の跡取りの嫁になる。だがいつもそういう人間が現れるわけではない。『本條の家の者でありながらこの家の者ではない』という条件は、分家という存在にも当て嵌まる。だから、まずは分家の人間を集めて考査を行う。未婚なのは、花嫁にするなら未婚は当然だし、結婚していなければ自分の『家』を持っていないからね。『家』を構えてしまうと、他家の者という扱いになる」

「それはわかりますけど、どうして男まで？」

「過去の『幾つか』の事件の中に、小姓《こしよう》が選ばれたことがあったからだ。昔は男色も認められてたからね。考査の時に同席していたお小姓が『見えてしまった』わけだ。それ以来、男女の区別がない」

「そのお小姓さんは、猿と戦ったんですか？」

「戦って、やはり亡くなった。だが『戦う』こと自体、珍しいことだ。大抵は誰にも何にも見えず、儀式が終わった後に好きな相手と結婚したようだ。ただ、身分違いとかで結婚が許されなかった者は、これを利用したふしがある」

「利用？」

訊くと彼はやっと柔らかな笑顔を見せた。

「周囲がどんなに反対しても、『見えた』人間なら認めないわけにはいかない。だから結婚が難しい相手との結婚を望んだ当主が、事前にその相手に教えておくんだ」

「なるほど」

「考査と言っても、大抵はその程度のことさ。通常はね。本当に一つの儀式でしかなかった。私の母親も見えなかったが、当時身内に見える者がいなかったので反対もされずに結婚した。

早くに亡くなったけれど、それは猿の呪いでも何でもなく、病気だった。去年亡くなった父も、事故だったが病院で亡くなった」

「じゃあ迷信っていうか、やっぱり御伽噺《おとぎばなし》だったんじゃ…」

「だが君は私から何かを聞いたわけではなく絵を見た。そうだろう？」

俺は返事をしなかった。

肯定すると、結婚したいと思ってるみたいだから。

「見える者がいた場合は、絶対にその者と婚姻しなければならないんだ」

「だって、俺は男ですよ？」

「わかってる。…正直、私も驚いてるよ。まあ十歳の子供じゃなくて、いくらかはほっとしているが」

それはそうだろう。

俺はあの場にいた『幼い』と呼ぶべき子供の姿を思い出した。

「どうして十歳からなんです？」

「それも昔の名残だな。江戸時代なら、十歳で嫁入りはさほど珍しくなかったんだろう」

「それにしたって…。今そんなことになっても、法律が許さないでしょう。男だってそうです。今はお小姓なんて制度はないんですから」

「法律は関係ないんだこの家では」

断定的な口調。

彼の背にのしかかるものの重さを感じる。当主といえど、『家』の取り決めには逆らえないという重みを。

「巴さんは、その迷信に取り付かれてるようには見えないのに、それを信じるんですか？」

「信じるしかない」

「どうして？」

「君が見たからだ。…だから全てが事実なのだ。そう、『全て』が…」

彼は吸っていたタバコを消し、また新しいのを咥えた。

「さっき言ったね、大正時代に同じことがあったって」

「ええ」

「その時のことが詳しく書き残されているんだ。猫は妻の身体を借りて、猿と戦った。だがやはり力及ばず、元の通りに封じただけだった。妻は自分の力不足を悔やんで、亡くなる前に細かく事態を書き残した」

「亡くなる前…？」

「因果関係はわからないが、彼女は猿と戦った後、すぐに亡くなったらしい。負けて気落ちしたのかもしれないね。それによると、猫は次が最後だろうと言ったそうだ。この家の繁栄はその猫の力で、猫がいなくなれば繁栄も終わる。黒猫は昔から縁起がいいものなんだ」

「でも…」

彼は片手で俺を制して、話を続けた。

「戦いで傷ついた猫は、暫く自分の力が及ばないから気を付けろと言った。その三日後に起こったのが関東大震災だ」

「ここには関係ないんじゃ…」

「確かにここも少しは揺れただろうが、災害というほどではなかった。けれど、東京に幾つか持っていた会社は全滅だった。分家の人間も上京していて、全員亡くなった」

「偶然だ！」

俺は声を上げた。

そんなこと、あり得ない、と。

「だろうね。私もそう思う」

俺の叫びを、巴さんは冷静に受け止めた。

「けれど当時の人間はそうは思わなかった。全てが事実だと思ったんだ。一族の人間が亡くなり、金銭的にも困窮《こんきゅう》した。立て直しはしたが、当時は苦しんだ。その苦しみが、伝説を事実と思わせた。それで、科学の時代になっても、こんなことをしているわけだ。もう、このことを知っているのは本家の人間だけだというのに」

巴さんは吸い付けたばかりのタバコを消して立ち上がった。

「おいで」

と一声かけてから、隣の部屋へ続く襖を開ける。明かりは点《つ》いていなかったが、彼が大きく襖を開けたので、隅々までよく見えた。

隣室も座敷で、物の少ないその部屋には大きな床の間があった。

「あれを見てごらん。床の間の柱を」

言われて視線を向けると、太く、節を生かした柱には傷がついていた。でも珍しくはない、古いものに傷は付きものだ。

「『ましらの傷』と呼ばれてる」

「『ましら』?」

「猿のことだよ。あれは、猿がその戦いの時につけた傷だ。封じ込められた絵の中で、猿も力を溜め、実体化しつつある証拠だそうだ」

俺は隣の部屋へ行き、柱の傷をよく見た。

引《ひ》っ掻《か》き傷《きず》らしいものと、歯型のような半月形の痕《あと》がある。

「伝説じゃない。ほんの百年足らず前の話だ。傷のない頃のこの部屋の写真もある。そして傷ができたばかりの時のものも。望むのなら見せてあげよう」

「でも…」

「私はこの家の跡取りとして生まれ、この話を聞かされて育ち、これから一族の面倒をみていかなくてはならない。ばからしいとは言えないんだ」

「……わかります」

彼の言ったことを信じる、という意味ではない。

やっぱり都会育ちの現代っ子である自分にとって、巴さんが語った話はマンガじみてるとしか思えない。

でも、ここ数日この屋敷で過ごし、この家に独特の雰囲気があることは察していた。

今まで自分には関係のなかった『一族』という言葉が、ここでは当然意識されるべきことだった。『分家』なんて、東京では日常生活に必要のない単語も。

当主の一言であれだけの人が集まり、自分がどこの『家』の者なのかという自負がある。金の繋がりもあるだろうが、それがあるが故に繋がりは強固だ。

長く続いた因習と、どこまでも広がる人間関係と、あり余る金。

巴さんは、その全てを背負わなければならないのだ。その責任は、俺みたいな大学生には想像できないほど重たいものだろう。

そんなこと気にしなくても大丈夫だと言っても、耳を傾けてもらえない。自分が信じていなかったとしても、『もう止めよう』とは言えないのだ。

「上へ行こうか」

「上？」

「私の部屋だ」

「ここは違うんですか？」

「そこの傷を見せるためにここへ呼んだだけだから。もっと詳しい話は、上でしよう。ここだと、誰が来るかも知れないしね」

返事をする前に、彼は部屋から出て行こうとした。

俺は慌《あわ》てて元の部屋へ戻り、彼の後について出た。

階段は、とても古いけれど、俺達二人が歩いても軋《きし》み一つしなかった。建物自体、歴史的建造物っぽいけれど、しっかりしている。いや、歴史的建造物っぽいからしっかりしてるのか？

段差の浅い階段を更に上がると、さっきの階より短い廊下があった。上へ上《あ》がるほど、床面積が狭くなっているのだろう。

その廊下の手前の、朱塗り格子の障子の部屋へ。

そこは、巴さんの私室というだけあって、生活感があった。

部屋の隅にある文机にはパソコンがあり、電話もテレビも置かれている。テーブルの上には灰皿があり、読みかけの雑誌もあった。

「どうぞ。足も崩していいよ。ここには私が許可なしには誰も上がって来ないから」

「そうなんですか？」

「せめてそういう場所の一つもないとね」

巴さんはまたため息をついた。

「変なことを訊くようだけど、群真くんは彼女いる?」

「…いいえ、今は」

「前はいた?」

「高校の時には一応。大学に入ってからもガールフレンドぐらいは」

「経験はある?」

「…経験?」

訊き返すと、彼は変な顔をして腕を組んだ。

「なさそうだな…」

巴さんは暫く横を向いて黙った。

経験って、何のことだ?

彼女がいるかって訊いて、経験ってことは…、キス?

いや、ひょっとしてセックス?　女性経験があるかって訊いたのか?

「巴さん」

「ん?　何だい?」

「猫が花嫁を選ぶっていうのはわかりました。納得はしてませんけど。さっき言ったみたいな伝説があって、あの絵が見える人と見えない人がいて、見えたら花嫁として選ばれるってことですよね？」

「ああ」

「で、選ばれたらどうするんです？　花嫁になるって、どうやって？　まさか結婚式を挙げるとか言うんじゃないでしょうね。第一、どうやって猿と戦えって言うんです？　最初の奥方様は退魔の法術を知ってたのかも知れませんが、俺は何にも知らないですよ」

「猫が力を貸してくれる」

「どうやって？」

「どうやって…、だよな」

「巴さんも知らないんですか？」

「いや知ってる」

「じゃどうやって？」

彼は再び黙ると、意を決したように俺を見た。

「群真くんは大学生だったね？」

「ええ」

「二十歳は過ぎてるね？」

「はい、四年ですから」

「そうか。男で成人してるなら、いっそはっきり言えていいのかも知れないな。猫は花嫁に憑依《ひょうい》する。花嫁が当主の手で昇天した時に」

「昇天って…、俺死ぬんですか?」

「違う。もっと俗に言うなら、イッた時だ」

「…は?」

俺は素《す》っ頓狂《とんきょう》な声を上げた。

「『イッた時』って…」

「閨《ねや》に入って、絶頂を迎えた時だよ」

彼の顔はあくまで真剣だった。

「それって…、Hするってことですか?」

おそるおそる尋ねると、彼は頷いた。

「本当に、十歳の女の子じゃなくてよかった」

「ちょっと待ってくださいよ! 俺の意思は? 俺は男の人なんて相手にしたこともないし、女の子だって…」

「昔は当主が選んだら、文句はナシだったんだ」

「だからって」

「その感覚で決められたことだ。それに言っておくが、俺だって男を抱くのは初めてだ」

「でも女の人は経験があるんでしょう?」

「…そこはグレイゾーンで」

「そこグレイにしても意味ないでしょう。とにかく、俺は嫌ですよ。形式上とかって言うなら多少付き合ってもいいかなって思ったけど、現実が伴うなら、絶対嫌です」

「だが君が応えてくれないと、この家が滅びる」

「本気で信じてるんですか?」

「だから言ったろう。君が見てしまった以上、信じざるを得なくなったって。一つが真実なら全てが真実だ」

「無理、無理、無理! そういうことなら、俺は失礼します」

「群真くん」

立ち上がろうとする俺の手を、巴さんが摑《つか》んだ。

「もしこれを拒むなら、残念だが君の家は本條と縁を切ってもらう。援助も何もかもだ」

そんな援助なんていらない、と言おうとしてはたと考えた。

ここへ来る時、母親が言っていた言葉を思い出したからだ。

父親の会社の親会社は本條のもので、ここへ来る休暇もそのために簡単に取れたということ。マイホームのローンは本條が貸してくれてるということを。

もし断ったら、その全てが断ち切られるということだ。

父親は職を失い、ローンだけが残される。

「脅《おど》しですか?」

睨《にら》みつけると、彼はまたため息をついた。

「そうだ。これは『行われなければならないこと』だからね。本條の当主として生まれたからにはそれをまっとうしなければならない」

俺の手を取る指先に力がこもる。

「本條に連なる人間が、いったい何人いると思う? 分家の人間だけじゃない、本條が金を出してる企業やそこに勤める人間達、その家族、取引先、その全てだ。たとえこの儀式が真実でなかったとしても、もし私がそれを行わなかった後で何か躓《つまず》きがあったら、その全ての責任が私の肩にのしかかってくるんだ。『お前がやらなかったせいで』という言葉で」

それは…、辛い。

責める者達だって、きっと信じていないだろう。なのに何か悪いことがあればその言い伝えを利用して責任を転嫁《てんか》しようとする。

この人は、きっとその圧力をずっと感じていたのだろう。

そして本当なら、今日の考査が過ぎれば、その重圧から逃れられるはずだったのだ。

今回は該当者がいない。

だから自分は自由に結婚できるとなるはずだった。

それを壊したのは、俺の回答だ。

俺が絵を見てたと書いてしまった以上、彼には逃げ道がないのだ。

「少し…、納得しました」

俺は肩を落として立ち上がるのを止めた。

「俺のせいで、巴さんは好きな人と結婚もできないってわけですもんね」

出て行く気がなくなったとわかってくれたのか、巴さんの手が離れる。

「今のところ結婚したい相手はいないし、君のせいでもないが、そういうことだ。この事実を知っている年寄り達が満足しなければ俺には何もできない。この儀式を行うまで、私はこの土地を離れることもできなかったし、恋愛もできなかった」

「この土地を離れることもできないって…、まさか一歩もこの家から出てないとか？」

「そこまでは酷くないよ。大学だけは東京に行ったが、高校まではここから通えるところしか選べなかったけど」

こんなにかっこよくて、頭もよさそうな人なのに。お金だっていっぱいあるのに。この人はこんなくだらない因習のせいで自由がなかったなんて。そして俺が拒む限り、彼はずっとこの生活を続けなくてはならないのか。

何だか急に、この人が可哀想に見えてきた。

「そこでだ、私の立場を理解してくれた群真くんに相談だ」

「相談?」

「君が成人した男性だということで、正直に言う。諦めて私と床を共にして欲しい」

「だからそれは…!」

「もちろん、挿入したりはしない。ただ君がイクまで、だけだ。自慰行為と思って耐えてくれないだろうか? それで何も起こらなければ年寄り達にもそう言う」

「……したってことにしたら? 誰も見てないですし」

「私は嘘がつけない性格なんだ。もししてないことがわかって悪いことが起きたら、結果はわかるだろう?」

と言われても…。

自慰行為ってことはアソコを彼の手がナニするわけで。いくら真剣に頼まれても、そんなこと許容できるわけがない。

「頼む、この通りだ」

でも、これが終わらないとこの人は自由になれないのだ。

ずっとここで、当主という名の囚人のままなのだ。

物凄く恥ずかしいことだけど、男同士がマスのかきっこをするだけで彼が自由になれるのなら、そのくらいしてあげてもいいんじゃないだろうか?

これは人助けだ。

「…わかりました」

俺も覚悟を決めた。

「一回だけ、付き合います。でも、本当に最後まではナシですよ」

「ありがとう。わかってる。私だって男色家じゃないから、嫌がる相手にそこまでのことはしないよ。君のことは可愛いと思うけれど、まだ会ったばかりだし」

「じゃあ、さっさと済ませちゃいましょう」

「ああ。じゃあこっちへ」

勇気を出して決めたことだったが、俺はすぐに後悔した。

何故なら、立ち上がった彼が開けた隣室への襖の向こうには、二つ並んで敷かれた布団があったから。

それが妙に生々しかったから…。


体育会系の友人が、みんなでＡＶの鑑賞会をやったとか、飲み会で裸踊りをしたという話はよく聞いていた。

男同士、特に恥ずかしがることなんかないと豪語していたのも。

けれど俺はどうしてもそっちのカテゴリーに入ることはできなかった。

風呂に入る時に下着が脱げないというほどシャイではないが、他人に身体を触られても平気というほどでもなかった。

ましてや、そういう意味で触れてこようとする他人の手を受け入れられるほど肝《きも》が座ってもいない。

だから、薄暗がりの中ぴったりと寄せられて敷かれた布団を見ると、身体が強ばった。

いかにも、じゃないか。

古い座敷の佇《たたず》まいも、こうなるといやらしい雰囲気を醸《かも》し出している。

巴さんは、取《と》り敢《あ》えず夜着に着替えた方がいいだろうと、俺に浴衣《ゆかた》を渡してくれた。

多分、花嫁のためのものなのだろう、白地に紺で朝顔《あさがお》が描かれた女物だ。

服のままではいけないかと訊いたが、俺が穿《は》いていたのがデニムだったので、シーツに色移りするかも知れないと言われ却下された。

その後で、小さく「ズボンは脱がす時に生々しいだろう」と呟いたのも聞こえた。

彼も、この状況を『生々しい』と思っているのだ。

お互い望んでいないのに床入りというのは、奇妙な感覚だった。

彼が気を利かせて先に隣の部屋へ行ってくれたから、俺は明るい方の部屋で服を脱ぎ、浴衣に着替えた。

大したことはない。

巴さんも言ったように、自慰行為みたいなものだ。ただちょっと手が二本増えるだけの。

…その二本が大問題なんだけど。

とにかく、ＯＫを出してしまったのだからと自分に言い聞かせ、俺は布団の敷かれた薄暗い座敷へ入って行った。

「着替えました」

声をかけると、掛け布団を捲《めく》った上へ正座していた巴さんが顔を向ける。

「ああ、じゃあこっちへ」

と言われ、彼が座っていない方の布団の上へ正座する。

「向こうの部屋、明かり点けたままにしておく？」

「いえ、あの…。できれば暗い方が…」

「そうだね。じゃ、ちょっと待ってて」

入れ替わるように彼が座敷へ戻り明かりを消す。すると枕元《まくらもと》のスタンドしか点いていなかったこちらの部屋が、あっという間に闇《やみ》に沈んだ。

薄暗い部屋、枕元のオレンジ色の明かり、白いシーツ。

静かな部屋、隣に座った巴さんの息遣い、これから『する』のだという緊張感。

頭の中がテンパッて嫌な汗が出る。

「本当にごめんよ、こんなことに付き合わせて」

彼がすまなそうにそう言ったので、少し力が抜けた。

この人もしたくてしてるわけじゃないんだ、俺は強姦《ごうかん》されるわけじゃないんだ、と。

「いえ、自分で決めたことですから。それで…、俺はどうすれば…?」

「うん。それなんだが…。私も男は初めてでよくわからないんだけど、まあキスはしないでおくよ。その方がいいだろう?」

「…お願いします」

「して欲しいこと、あるかい?」

「いえ、本当にわかんないので、巴さんにお任せします」

「それじゃ…、取り敢えず横になってくれるかな」

巴さんの手が俺の肩に置かれて、ゆっくりと押し倒す。

洗いたてのシーツの匂い。

心臓が、頭の中にあるみたいに鼓動《こどう》の音がうるさかった。

「どうしても嫌だったら言ってくれ、善処する」

マグロ状態で、ただ仰向《あおむ》けに横たわるだけの俺の身体に彼が触れる。

浴衣の襟元《えりもと》に手が滑り込む。

他人の手だというだけで、『触れる』という感覚が全然違う。

自分の手なら、首や胸に触るくらい、別にどうということもないのに、体温の違う指先が滑ってゆくとそれだけでゾクリとする。

俺も、何かした方がいいんだろうか？

でもそうすると本当にセックスしてる感じになってしまいそうで、手が動かない。

手術中の患者みたいに、自分の上で動く手が早く目的を遂《と》げるようにと、ただ時が過ぎるのを待つだけだ。

はっきり言って、彼はこういうことが下手《へた》ではないと思う。比べる対象があるわけではないけれど、肌を滑る手に戸惑いがないから。

胸元から滑り込んだ手は、俺の胸に触れた。

平坦な胸の中で、唯一の突起に。

だがそこで止まることなく、更に下におりてゆく。

そのせいで、襟元ははだけ、露《あらわ》になった胸に今度は彼の顔が近づき、手が素通りした突起を舐《な》めた。

「…う」

湿った柔らかな感触に、声が出る。

うわぁ、胸を舐められるって、こんな感覚なんだ。

自分で触ったって何とも思わないのに。いや、ちょっとは変な感じがする時はあるけれど、舌は指と全然違う。

しかも絶対この人上手い。

幾つだかわかんないけど、絶対俺より年上なわけだし、イケメンだし、経験者のはずだ。男は初めてって言ったけど、女の人はきっと山ほど相手にしてるに違いない。

でなければこんなに気持ちいいわけがない。

舌は乳首を転がし、吸い上げ、唇だけで噛む。

どうしてだかわからないけど、気持ちよくて、呼吸が止まってしまう。息を詰めると、下半身が脈打ってるのがわかる。

その脈打ってる場所に、彼の手が届いた。

「…ひっ」

色気も何もない声が上がってしまう。

「痛かった?」

「いえ…、その…。びっくりして…」

「もう硬くなってるから、痛かったのかと」

「そういうこと言わなくていいです」

「あ、ごめん」

悪気はないんだと思う。

でも自分が勃起《ぼっき》してることを他人に指摘されたくなんかない。

「下着の中に手を入れてもいいかな？」

「どうぞ。訊かないでいいです」

「ああ、うん」

…この人、天然かも知れない。

違うか、彼も緊張してるんだ。

そうだよな。彼だって、俺に欲情してるわけじゃないのに、男とセックスしなきゃならないんだから。しかも相手である俺とは、ほぼ初対面。

どうしたらいいのかわからないのかも。

「気持ちいいかい？」

「訊かないでくださいよ」

「これは訊かないと。何せ私が君を『昇天』させなきゃいけないんだから。君がどう感じてるのかわからないと」

「でも言えないですよ」

「じゃ、取り敢えず射精するまでやるから」

…射精。

生々しい。

「うわぁっ！」

巴さんは俺の下着の中に手を入れ、俺のイチモツを握《にぎ》って引き出した。

「待って！　心の準備が…」

大きな手が俺のモノを包む。

「……うっ」

扱《しご》かれて、ゾクリと鳥肌が立った。

うわっ、うわっ、うわっ。

他人の手が俺のペニスを…。

落ち着いた大人で、優しくて、かっこいい巴さんが、俺のモノを…、咥えた。

「ん…っ」

敏感な場所に舌が絡む。

歯が当たって、神経がそこに集中する。

ダメだ。

他人にされるのって、気持ちいい。

「巴さ…。や…っ」

手が、睾丸《こうがん》を握る。

揉《も》まれて、しゃぶられて、目眩《めまい》がする。

息ができなくて、耳鳴りがした。

「あ…、あ、あ。やめ…っ、そんなに吸わないで…。俺…こういうのは…」

熱が集まる。

血が集まる。

正しき性欲に従って俺のカイメンタイはジューケツしてゆく。

男を抱いたことがないってことは、この的確な刺激は、巴さんが女性にしてもらったことなのか、彼が自分でする時に感じたものなのか。

そんなことを考えてる間に、もうのっぴきならない状態になってしまった。

「う…っ」

もうマグロでなんかいられなかった。

腰が引けて、膝が曲がる。

俺のモノを咥えている巴さんの髪に手を伸ばす。

握り締めそうになって、髪を引っ張ったら痛いだろうと気が付き慌てて力を抜く。

そのふっと緊張を解いた一瞬と、彼が俺の先端に舌を差し込んで来たのが同時だった。

「……うっ！」

ダメだ。

まだ俺のは彼の口の中にある。

こんな時に出したら…。

本当にごめんなさい。

俺にはこんな快感に耐えるスキルがないんです。

「あ…」

快感が腰の奥の方から溢《あふ》れて、パチンと弾けるように何かのフタが開き、一気にそこから放出された。

「群真くん…？」

出しちゃいけないと我慢した分解放は快感で、ゾクッとした感覚が一つの塊《かたまり》みたいになって、ペニスの先から頭のてっぺんへ抜けていく。

その途端、貧血みたいにくらくらして、ブラックアウトした。

「群真くん、群真くん！」

俺を呼ぶ、巴さんの声を聞きながら…。


目を開けると、世界は真っ白だった。

子供の頃、スキーで北海道に行った時、ゲレンデに積もった新雪を見たことがある。

何もかもが真っ白に雪化粧して、色を失った世界を美しいと思った。

あれと似ている。

似ているけれど、あれとは全然違うとも思った。

ゲレンデは、色を失っただけで、物体は存在していた。樹木や、スノーモービルや、ゴンドラなんかがそこにあるという立体感は残っていた。

けれどここは何もない。

この白さは、そこにあるものを白さで覆い隠したのではなく、何もない真っ白さなのだ。

あるのは、自分が座ってるからあるのだとわかる床だけ。

上も真っ白で、天井がどのくらいの高さなのかもわからない。

辺りを見回してみたが、誰の姿もなく…。

いや、いた。

まるでシミのように黒いものが目の前にいた。

真っ黒な…、猫だ。

『白』の中だから、黒いシルエットがくっきりと浮かび上がっている。

「美猫…」

首をシャンと上げた細身のシルエットが綺麗で、真っ黒な毛並みがつやつやしてて、思わず撫《な》でようと手を伸ばした。

『お褒《ほ》めいただき光栄だわ』

だが伸ばした手が触れる前に、頭と空間いっぱいに声が響いた。

変な言い方だけど、本当にそんなふうに聞こえたのだ。鼓膜を震わす外からの声ではなく、頭の中に直接響いてくるような声なのに、この空間の空気を震わせているような。

「猫…」

『黒砂《いさご》、です』

「猫が喋った！」

『いかにも、喋っているのは私です』

「マジ？」

『まじ？』

「ホントに猫が喋ってんの？」

『私が話しています』

これは…、アレかな？　巴さんの話を聞いた後だから、それっぽい夢を見てるのかな？

だとすれば、この奇妙な空間も理解できる。

『申し上げておきますが、奥様。これは夢ではありません』

「お…、奥様って…、俺？」

目の前の猫は、ほうっとため息をついた。

『男の方は初めてではありませんが、また今代は酔狂《すいきょう》な』

「酔狂って…」

『殿方が殿方を召されるのは酔狂じゃないですか』

「それ、間違ってるから！」

俺は、慌てて否定した。

夢の中であっても、それは認めちゃいけないだろ。

『殿方が殿方を召すのは当たり前ですか？　確かにてれびの中ではそういうことも言ってるみたいですが…』

テレビ見てんのかい、と突っ込みたい。

「そっちじゃなくて、何で俺が巴さんの嫁なの？　俺は会ったばっかりで、あの人に恋してるわけじゃないのに」

何を猫相手に真面目に語ってんだよ、俺。

夢だからか…。夢だから、猫は喋るし、テレビも見てるわけだ。

『お気持ちです』

「気持ち？」

『あなたには邪念《じゃねん》がありませんでした。当主の妻の座について、権力を得ようという邪念が。それに、居並ぶ者の中で、あなただけが、主様を一人の人として心を傾けておいでしたから』

「そんなことないだろ、あの場にいた女性の中には、巴さんのお嫁さんになりたいって人はいっぱいいたぞ」

俺はキャーキャー言ってた女の子達を思い出した。

けれど猫はバカにするみたいにフッと鼻で笑った。

『あの娘達こそ、邪念でいっぱいでしたよ。主様に召されれば、いい暮らしができる、と。そんな者は論外です。役者に惚《ほ》れるような気持ちでは、戦いの役に立ちませんからこれも同じ。あの場で主様個人を気にかけていた者はあなただけでした。そして主様もあなたを心に留め置いていました。微笑み交わしたお二人に通じるものがあったのです』

微笑み交わす…。

考査で彼が座敷に入って来た時、一瞬目が合って微笑んだ時か。

「あんなの一瞬じゃないか」

『それで十分です。あなた、あの方がお好きでしょう?』

ズバリ訊かれて、俺は怯《ひる》んだ。

「そりゃ巴さんのことは好きだけど…。それは恋とかじゃなくて、優しくていい人だなって思ってただけだから…」

『猿共は、この家を滅ぼすつもりです。そのためには主様の首級《しるし》を取るつもりです。あの方を八つ裂きにして、喰い散らかすでしょう』

「そんな！」

『助けたいと思いますか？　それとも逃げ出したいと思いますか？』

「そりゃ助けたいよ」

『巻き込まれたくないとか、逃げたいとか思わないのですか？』

「巴さんは逃げられるの？」

『いいえ』

「じゃあ…」

俺がいいかけた時、猫はハッと視線を逸《そ》らせた。

何もない白い世界の果てを見つめる。

『残念ながら今回はお時間です。取り敢えず、猿共があなたに手出しができぬよう、私があなたに憑《つ》きます』

「憑くって」

『またあなたが主様のことを想《おも》って自我を手放された時に、お話しいたしましょう』

「ちょっと待て、それって、またこういうことしろってこと？」

『では』

「待てって、黒砂！」

猫が見つめていた彼方《かなた》に、黒い点がポツリと現れた。

点は物凄い勢いで巨大化し、迫って来る風景となり、俺と猫を包んだかと思うと、白い世界は薄暗い部屋へと変わった。

木目に花の描かれた天井板。

立派な柱。

心配そうな顔で近づいて来る巴さんの顔。

夢から覚めた？

巴さんの顔はどんどん近づき、キスされるのかと思った瞬間、奇妙に驚いた顔に変わり、ゲホゲホと咳《せ》き込《こ》んだ。

「巴さん？」

酒の匂いがする。

「群真くん…、目が覚めた？」

「あ、はい。お酒…？」

「気付けに飲ませようと思ったんだが、ゴホッ…。自分で飲んで…、気管に入った」

キスされると思ったのは、酒を口移しで飲ませようとしていたからか。

「大丈夫ですか？」

身体を起こすと、浴衣姿のままだったが、布団は掛けられていた。

巴さんは距離をとった場所からじっと俺を見つめている。

「大丈夫かい？」

そして彼の方が俺を気遣った。

「あ、はい。あの…、他人にされたのは初めてで…。とんだ醜態《しゅうたい》を…」

眠る前に何をされていたかを思い出し、顔を熱くして彼に謝罪する。

だが彼は奇妙な顔のままだった。

そして、俺の頭の上の方を見ていた。

「頭が痛いとか、魚が食べたいとか、ある？」

「…いいえ？　別に何とも」

「本当に？」

「夢は見ました。猫と喋る」

「夢…」

彼はため息をついた。

「夢ですよ。特に異変はないですし、やっぱり何にも起きなかったんですよ。これで俺は嫁じゃないってことでいいですよね？」

「君は花嫁だよ」

「夢を見たからですか？　でもあんなの…」

「どんな夢を見たかは知らないが、君はもう他の人には会えない」

「会えないって」

巴さんは疲れきった様子で立ち上がり、手鏡を持って戻って来た。

「私も、こうまでされたら信じるしかないようだ」

「何？」

「覗いてごらん。頭の上を」

「頭の上？」

鏡を受け取り、自分の顔を映す。

前髪がちょっと乱れているが、特に変わった様子もない、見慣れた自分の顔だ。

だが、鏡を上に向けた途端俺は大声を上げてしまった。

「何だこれ！」

そこには、コスプレのような猫耳が映っていたからだ。

「巴さん、悪ふざけしないでくださいっ！」

こんな状況の時に、こんなことするなんて。

「してないよ…」

「してないって、現にこの耳が…」

言いながら自分の頭を触った。

パーティーグッズ等で売られている猫耳はカチューシャに猫の耳が付いているものだ。頭に触れればすぐに取れるはずだ。

はずだったのに…。

頭に、カチューシャらしい手応えはなかった。

「…え?」

慌てて鏡を置き、両手で触れる。

頭に、柔らかいヒレみたいな感触があった。

毛が生えてて、三角形で、温かくて…。

「にゃ〜っ!」

マジ猫耳! リアル猫耳!

「群真くん!」

パニックを起こした俺に、彼は何とかしようと手を伸ばしたが、触れていいのかどうかわからないというようにオロオロする。

「何だこれ!」

「落ち着いて!」

もう一度鏡を拾い、じっくりと眺める。

やっぱり、紛うことなく猫耳だ。

髪を掻き分けて生え際を見ると、頭から生えている。

「嘘…」

俺は気が遠くなった。

「群真くん」

倒れかかった俺の身体を、巴さんが抱きとめた。

「大丈夫かい？」

「これ…、これ…。生えてる…」

涙目で訴えると、彼は悲しそうな顔をした。

憐憫《れんびん》の眼差しってやつだ。

「触っていいかい？」

「取って…。取ってください」

「取れるかどうか、見てみるから」

言いながら、彼は俺の頭に手を伸ばした。

今まで感じたことのない感覚。頭に触られているような、髪に触られているような…。でも、確かに彼の手が、俺に触れているという感覚がある。

「うわっ」

「何？」

「…動いた」

「嘘」

「いや、本当に。意識してなかった…？」

「意識って、だってこんなの…」

涙が滲《にじ》む。

何コレ？　現実なの？

何の因果で俺にこんなことが…。

『取り敢えず、猿共があなたに手出しができぬよう、私があなたに憑きます』

頭の中に、猫の声が響いた。

「いさ…ご…」

「何？」

俺は巴さんにぎゅっとしがみついた。

「夢の中で、黒猫が。黒砂って名乗って…。そいつが俺に憑くって…」

「憑くって…」

「俺…、猫に取り憑かれた…」

ぶわっ、と涙が溢れる。

子供みたいにぼろぼろと涙が流れた。

「群真くん」

　こんな姿、親にだって見せられない。それどころか、これから先、どうやって生きていけばいいのか。

　大学にだって行けないし、就職だってできない。

「落ち着いて。ね？　大丈夫」

「大丈夫じゃないです…！　俺…、俺…」

　もう何にも言えず、俺は彼の胸で泣きじゃくった。

　止めようなんて思わないから、後から後から溢れてくる。

　優しく身体を包む彼の腕も、関係なかった。

　家がどうの、伝説がどうのということも頭から飛んでいた。

　ただもうショックで、ショックで、何も考えられなかった。

　何で俺が…。

　どうしてこんなことに…。

「群真くん？」

　気が遠くなる。

　全身の力が抜ける。

「群真くん！」

もう終わりだ。

「群真くん！」

何もかも、もう終わりなんだ。


自分の部屋で寝ていると、母親の作る朝食の匂いが漂ってくる。

子供の頃から、起こされずに起きる、というのがほのかな自慢だった。

他所の親御さんが『うちの子、いくら起こしても起きなくて』と愚痴《ぐち》ると、決まって母親が少し得意げに『群真は自分で起きて来るから手がかからないわ』と言うのを聞くと、自分が凄くいい子になった気がした。

でも今日はダメだ。

身体が重たくて起きれる気がしない。

何でこんなに身体が重いんだろう。

昨夜、何か運動したっけ？

いや、試験が終わって、夏休みに入って、家でごろごろしてるはずだ。

確か、今日から田舎に行くんだった。

母親の実家の山奥へ。

そう思った途端、頭の中に様々な光景がフラッシュバックした。

田舎へ向かう車中、巨大な屋敷、初めて会う親戚。長い廊下、座敷、猫の彫られたお社。

猫と猿の掛け軸、呼び出されて会った巴さん。

薄暗い座敷に敷かれた二組の布団。

俺の股間《こかん》に顔を埋める巴さん。

真っ白い世界と黒猫。

そして鏡に映った猫耳の自分。

「…うわぁ！」

思わず跳び起きると、そこは自分の部屋ではなかった。

朝食の香りはするけれど、純和風の座敷だ。

「群真くん？」

隣の部屋に続く襖が開いて、巴さんが顔を出す。

「どうした？」

そうだ、巴さんだ。

夢じゃなかったんだ。

「どこか痛むのかい？」

近づいて来る彼の視線が、ちらっと俺の頭を見る。

頭…。

手で頭に触れると、猫耳の感触が。

俺はまた気を失いそうになって、巴さんに抱きとめられた。

「群真くん」

「俺…、猫になったんですね…？」

「いや、猫にって…」

答える彼が目を逸らす。

それが真実を伝えて、また涙がじわっと湧いてくる。

「俺の人生終わりなんだ…」

「大丈夫、気をしっかり持って。取り敢えずほら、お腹空いただろう？　朝食を運ばせたから食事をしよう。ね？」

「食事…？」

「下に食べに行けないだろう？　だから運ばせた」

「俺のことは…」

「誰にも言ってないよ。ちょっと具合が悪くて寝てると言ってある」

手を貸してもらってふらふらと隣の座敷へ行くと、テーブルの上に載りきらないほどの料理が並んでいた。

「凄い…」

一瞬喜んだが、すぐに気持ちは萎《な》えた。

これ…、ひょっとして婚礼の祝膳《いわいぜん》なんじゃないだろうか。

「さ、食べなさい」

「俺…、東京に帰れるんでしょうか？」

それに対する返事は、彼の落とした視線でわかった。

「でも、親が…」

「ご両親には、君には少し手伝ってもらいたいことがあるから、残ってもらうと説明するつもりだ」

「会えないんですか…？」

「会って、その耳を見られても困るだろう？」

「でも…」

今両親に会わないと、これから一生会えないような気分になって、また涙目になってしまう。

「いや、泣かないで。そうだ、帽子とか被るかい？」

「帽子…」

「何か探すから。会えるようにするよ」

「…本当に？」

「ああ。だから取り敢えず食事しなさい」

「はい…」

頭は、正常に働いていなかった。

考えることがいっぱいで、考えたくないことがいっぱいで、頭がパンクしそうだった。

用意された食事は、どれも美味《おい》しかった。でもゆっくりと味わうことはできなかった。

俺が食事をしている間に、巴さんは俺の荷物と、彼のものらしい帽子を幾つか持って来てくれた。

夏の暑い中、帽子なんておかしいだろうけど、選択肢はなかった。

食事を終えて、浴衣を脱いで、自分の服に着替える。

その時に、またショックが訪れた。

「し…尻尾《しっぽ》が生えてる…」

尾《び》てい骨《こつ》の辺りに、黒い尻尾。

ふっと気が遠くなるのを、また巴さんに抱きとめられる。

「群真くん」

「…ズボンに…入らないです…」

また泣く。

彼の視線が俺のショックの原因をちらりと見る。

「浴衣、新しいの出してもらうから。泣かないで」

彼は慰めるように俺を強く抱き締めた。

もう、何が何だかわからない。

これが現実なわけがない。

これは、夢だ、悪夢だ。

結局、俺は新しい男物の浴衣にカンカン帽という、昭和初期みたいな格好で、親と対面することになった。

何も知らない両親は、結構似合うじゃないかなんて気楽なことを言っていたけれど俺はもう言葉も上手く発せられなかった。

「何手伝うんだか知らないけど、しっかりやるのよ」

お母さん。俺も何をやるんだかわかってません。

「お世話になるんだから、行儀よくしろよ」

お父さん、何のお世話でしょう?

俺は猫耳で、男なのに嫁になるんです。

「では、息子さんをお預かりいたします。ご心配なようでしたら、時々電話させますから」

にっこりと微笑んで隣に立つこの人に、昨夜はイロンナコトされてしまったんです。

「いや、もう大人ですし。本條様にお預けするんでしたら、大丈夫でしょう。しっかりお手伝いするんだぞ」

父さんの穏やかな笑顔が、とても憎らしかった。

父さんがこの立場に立ってみたらいいんだ。

可愛い女の子が猫耳猫尻尾なら萌《も》えるだろうけど、自分が、男の俺が、そんな格好して何が楽しいんだ。

でも、俺には何も言えなかった。

「気をつけて…」

と見送るのがせいぜいだった。

俺が『お手伝い』をするお礼だということで、両親は酒だの地元の野菜や果物だのを山ほどもらって、車に積み込んでいた。

それが俺の代金かと思うと、怒るより情けない気分だ。

だが、両親が帰ってしまうと、妙にほっとした。

自分の抱えてしまった秘密を知られたくない人達だったから。

残ってるここの住人達は、自分にとって所詮《しょせん》他人。しかも俺が嫁になることを知ってる人間なのだ。

それを思うと、彼等に対する感情は決していいものではなかった。

両親の車が見えなくなってしまうと、俺は部屋へ戻りたいと言って、あの楼閣の一番上の部屋へ戻った。

帽子を投げ捨て、畳に突っ伏す。

もう、涙も出なかった。

これからどうしたらいいのか。

俺には化け物と戦う力なんてないのに。

あの夢の中の猫には戻す力があるんだろうか？

『またあなたが主様のことを想って自我を手放された時に、お話しいたしましょう』

それって、やっぱりまた昇天しろってことだよな？

あの猫と会うためには巴さんに身を任せろって？

「群真くん」

暫く床に突っ伏していると、巴さんの声が聞こえた。

「大丈夫かい？」

「…なわけないでしょう」

「ごめんよ。こんなことになるなんて知ってたら…」

「俺、どうなるんです…？」

「私にもわからないが…。何とか考えるよ」

「考えてどうなるんです？」

「私が猫と話ができればいいんだが…」

巴さんは傍《かたわ》らに座って、俺の頭を撫でた。

優しい手だ。

この人は悪くない。

悪くないけど…。

俺は顔を上げることができなかった。

「ゲームか何か持ってこようか？」

「いりません」

「携帯電話は使えるから、友達に電話でもするかい？」

「話しすることないです。いいです。放っといてください」

微かなため息と共に手が離れる。

暫くすると、部屋の片隅からカチカチというキーボードを叩く音が聞こえた。

部屋にパソコンが置いてあったから、それをいじってるのだろう。

でも、興味はなかった。

俺の頭の中は、これからどうすればいいのか、どうやったら元に戻れるのかという、答えのない悩みでいっぱいだったから。

静かなこの部屋で、耳を傾ける音はそれしかないからじっと聞いていると、電話が鳴って音が中断した。

「巴だ。ああ、勝幸《かつゆき》さん。月例報告はメールで。…ええ。それは川島《かわしま》先生の方に任せてあるから。わかった。私の方で何とかしよう」

月例報告…。

「公認会計士はそのために雇ってるんだ。何とかさせる」

公認会計士？

転がったまま、つい耳を澄ませてしまう。

仕事の電話なんだろうか？

そういえば、巴さんって、何をしてるんだろう。確か、当主は全てを統括してるとは聞いた気がするけど。

人間は、先の見えない作業を繰り返していると、達成感を求めるために他のことに意識が向くらしい。掃除してる時に、出てきた読み終えたはずの本に熱中するみたいに。

自分のこれからに対して答えが出なかったからか、俺はつい彼の行動と会話に耳を傾けてしまった。

一本目の電話が切れると、また電話が鳴る。

「房之助《ふさのすけ》さん、お久しぶりです。ええ、無事に終わりましたよ。そこのところはあなたに知らせる必要はありません」

前の電話は事務的だったが、今度はちょっと威厳のある喋り方だ。

「お孫さんのことはお断りしたはずです。見合いはしませんよ」

お見合いかぁ…。

そうだよな、金持ちで権力者でイケメンなんだから、周囲は放っておかないだろう。

親戚はこの『嫁取り』のことを知ってるから遠慮するとしても、そうでない人々はうるさかったはずだ。

いや、終わったとか何とか言ってるところをみると、親戚だからこそ、今電話をかけてきてるのかも。『嫁取り』の考査が終わったんなら、うちの孫はどうだ、とか何とか。

「私が断ると言った言葉が聞こえなかったのか。煩わすな」

孫、と言うからには結構な年齢の人が相手だろうに、彼はピシリと言うと電話を切った。

こんな声も出すんだ。

俺にはずっと優しく語りかけてくれてたのに。

再び彼がパソコンに向かう気配がする。

俺は顔を向け、目を開けて彼を見た。

部屋の隅の文机に向かっている背中が見える。

寝そべってるから、まるで本当の猫になったような視線だ。

今度はインターフォンが鳴って、彼が受話器に手を伸ばす。

「はい。ああ、絹《きぬ》さん。そうだな、お客様はなるべく早く帰っていただくように。昼食もここで摂るから。そうだ、全てだ。大変だろうがここまで運んでくれ」

相手は手伝いの女性かな？　あの着物を着てた。

「下條の方へは丸山《まるやま》を回す。林野庁《りんやちょう》の？　それは中條に任せる。山の管理は…、ああ…。ああ…。わかった。立ち会いは来週にはできるだろう」

話しながらも、巴さんの手はキーボードを叩いている。

「花嫁が決まったことは誰にも言うな。群真くんが残っていることもだ。その名前は知らないと答えなさい」

インターフォンを置くと、また電話が鳴る。

「巴だ」

お社で会った時には、のんびりしてると思っていたけれど、この人、忙しいんだ。

この家から離れられないようなことを言っていたけれど、それはこういうことなのかも知れない。

一人が全てを治めているということは、全ての決定を求める声がその一人に集中するということになる。こんなに大きな家ならば、家の差配だけでも大変だろう。

それに加えて仕事のこととなると、どれだけの量になるか。

もちろん、代理人とかは立てているだろう。でも、全てを把握していなければ人の上には立てない。

報告を受けるだけでも結構な時間を取られるのではないだろうか？

俺は腹這いになったままじりじりと彼に近づいた。

「…わかった。だがすぐには出せない。資料を全て持って来なさい。直接判断する。…そういうことはその時に聞く」

電話をしている彼が、俺の気配に気づいて振り向いた。

険しかった顔が、俺を見て優しく微笑む。

「もちろん、全てだ。隠していることが後でわかったら、資金は引き揚げるからな」

あ、マズイ。

何か、かっこよくてキュンとしてしまう。

「時間は正嗣《まさつぐ》に連絡しておくように」

巴さんはその一言で電話を切ると、身体ごとこちらに向いた。

「どうした？　退屈？」

「…いつも、こんなに忙しいんですか？」

「忙しいというほどじゃないけどね。私への直接の電話は午前中だけと決めているから、集中してるだけだよ」

「パソコン、何してるんですか？」

「系列会社の報告に目を通してる。関連会社が多いから、少しずつだけど」

「遊びの時間とか、ないんですか？」

「まあ普通に土日は休むよ。家のこともしなきゃならないしね」

「じゃ、土日も休みじゃないじゃないですか」

手が伸びて、俺の頭を撫でた。

猫にするみたいに。

「もう慣れたよ。それに、他にすることもないし」

「遊びに行ったりしないんですか？」

「そうだねぇ。時々車は走らせるかな。そうだ、二人でドライブに行くか？　人のいないところなら大丈夫だろう」

俺が学生で、彼が社会人だって違いがあるのはわかる。

働く人が忙しいのは当然だ。

でも何故だか、この人がここに縛り付けられて無理やり働かされてるって気になってしまった。

「俺と出掛けるのは、仕事の邪魔にならない？」

「午後ならね」

「じゃ行く」

「OK。じゃ、お昼まで退屈を紛らわせていてくれ。仕事を片付けてしまうから」

「ん」

俺の返事が終わるか終わらないかで、また電話が鳴る。

「ごめんよ」

電話を取った巴さんの顔がきりっと引き締まる。

その横顔がちょっとかっこよくて、また胸がキュンとした。

「巴だ」

男だって、働く男の横顔には憧れを抱くものだから…。


昼食を部屋で摂った後、俺は帽子に浴衣という格好で巴さんと一緒にドライブに出た。巴さんは運転しやすいようにと、シャツとデニムで、着物を見慣れていた目にはかっこよく映る。

家の人が見送りに出てきたけれど、特に何も言われなかった。

多分、俺が『嫁』であることは知っているだろう。だからわざわざ見送りに出て来るのだ、主夫婦のお出掛けとして。けれど猫化したことまでは知らないので、彼等の視線は特に変わったものではなかった。

「俺に猫耳が生えたこと、誰かに言いました？」

車中で確認を取ったが、彼も否定してくれた。

「まさか。知られたくないだろう？」

「でも、俺が巴さんの嫁だってことは知ってるんですよね？」

「小豆色の着物の女性と、紺のはっぴを着てる男性は本條の使用人だ。彼等には君が花嫁に選ばれたことを知らせている。他には本條に近い者が、居残った君が花嫁だと察しているだろうな」

「俺と巴さんがその…、そういうことをしたって…」

「それは知らない。彼等は嫁取りの考査の内容も知らないし、それの意味も知らない。ただ何かテストをして、花嫁として選ばれるということだけだ。その対象年齢が十歳からってこともあって、床入りは考えてないだろう」

そうだよな。

「もし花嫁が十歳の子供だったらどうしたんです？」

「…せめて法定年齢に達するまでは何もしなかっただろうね。本当に、淫行《いんこう》で捕まらなくてよかったよ」

「ですよね」

「正直、群真くんでよかったと思ってる。君には迷惑だったろうけど」

俺でよかった、の意味がどういう意味かわからないけど、嫌がられていなかったことには悪い気がしなかった。

ドライブの先は近くの山の上の公園だった。

そんなに広い場所ではなかったけれど、頂上まで車が入り、眼下を眺める展望台のある場所には、子供向けの遊具が置かれていた。

「こんな頂上まで子供が来るんですか?」

「年寄りが孫を連れて散歩に来るんだよ。もっとも、最近はその孫がいないから、あまり人は来ないけどね」

二人で並んで展望台に出る。

柵《さく》で囲まれただけの張り出した場所だが、景色はよかった。

幾つもの山、間を縫う道、点在する家。

「ここも本條の持ちものですか?」

「ああ。ここから見える場所は、国有地以外は本條の土地だな」

「ここからって、あの山も? あっちの山も?」

俺が目に付いた山を差すと、彼は頷いた。

「山なんて、資産価値はないけどね。大政奉還《たいせいほうかん》の頃に、大名達は一度政府に土地を返した。だが明治になって、政府の金が足りなくなって、使い道のなさそうな土地を売りに出したんだ。それを買い占めたのが本條だ」

「当時から金持ちだったんですか？」

「みたいだね。金自体がなくても、美術品や着物なんかはふんだんに持ってただろうし。あとは人脈だろう。本條は有力者に娘を嫁がせたりして、縁故を固めてるから」

「今も、なんですね？」

「そうだ。まるで木の根みたいにあちこちに伸びている」

「その頂点にいるのは大変でしょう」

「うん？」

「午前中、ずっと電話かかってきてたでしょう？　俺、当主ってもっと何にもしないでゆったりしてるのかと思ってました」

「まあゆったりはしてるよ」

「そんなことないでしょう。仕事とかお見合いとか、色々かかってきてたじゃないですか。相手、みんな年上の人なんじゃないですか？」

巴さんはズボンのポケットからタバコを出して、一本咥えると火を着けた。

柵《さく》に寄りかかるように座った横顔は、大人の男の顔だ。

「まあ仕方ないよ。私が当主になってしまったんだから」

「誰か手伝ってくれる人はいないんですか？」

「一応丸山という秘書がいる、東京に」

「ならよかった」

「よかった？」

「巴さんが何もかも一人で背負ってるなら、大変だなと思って」

「私の資産が気になるのかと思った」

「そんなの、俺には関係ないですよ」

「関係ない？」

訊かれて、こっちも訊き返す。

「関係ないでしょう？　いや、仕事の大変さを知るためには知った方がいいのかも知れないけど、巴さんあんまり話したくないみたいだし」

巴さんはタバコを咥えたままふっと笑った。

自分はタバコを吸わないけど、タバコってやっぱり大人の男のアイテムかも。着物姿で穏やかに微笑んでる巴さんも素敵だったけど、咥えタバコの彼はワイルドっぽくてまた別の魅力がある。

「群真くんは私の嫁になるんだから、その財産を一部分けてもらおうって考えないの？」

いや、魅力的って変だろう。男なのに。

「だって、本当に結婚するわけじゃないし、俺が女だとしたって、巴さんの財産は巴さんのもので、俺のものじゃないから。あ、そうか。嫁なら巴さんを手伝うのか」

巴さんは携帯の灰皿を出して灰を落とした。当然だけど、マナーがいいな。

「金をもらうことより手伝うため、か。やっぱり群真くんが嫁でよかったな」

「それ、どういう意味です？」

無駄に期待しないように、その理由を確認する。…期待、なんてしてないけどさ。

「群真くんじゃなかったら、嫁取りの話を真面目に聞いてもらえなかったんじゃないかと思うよ。君は私の話を真面目に聞いて、真剣に対処してくれた。君には本当に申し訳ないけど、その耳とか尻尾とかが現れて、伝承が事実とわかった今、真剣に捉《とら》えて身を任せてくれた群真くんでよかったと思うよ」

「それは俺が男だから…、一度ぐらいならって…」

「そこも君でよかったところだな。女性だと、伝承だからセックスしようとは言い難い」

さらりと言われたけど、童貞の俺としては、紳士然とした巴さんの口から『セックス』って言葉が出るだけで居心地が悪くなる。

「それに、私の資産を知って、自分に分け前がどれだけ回ってくるかと考えるより先に、大変だとか、手伝うとか言いだしたのは君が初めてだ」

「普通のことじゃないですか」

「他人事の時にはね。でもそのチャンスが回ってくると金勘定が先になるものさ」

シニカルな言い方に、実際そうなった人がいたんだと察せられた。

「俺は嫁になってもお金はいりませんよ。ちゃんと就職して、自分で稼ぐつもりです。仕事の手伝いなら喜んでしますけど」

「ありがとう。でも、仕事よりこれから猿とどう戦うかを一緒に考えなきゃね」

「俺、退魔の法とかお寺に習いに行くべきですかね？　九字《くじ》とか、般若心経《はんにゃしんぎょう》とか」

「どうかな。夢の中で件《くだん》の猫と会ったって言ってたけど、それについては何か言ってなかった？」

「何にも。時間がきたとかって途中で終わっちゃったから。この続きはまた俺が…」

言いかけて、言葉が止まる。

「群真くん？」

「あ、いえ。その…、また機会があったら話してくれるんじゃないかな？」

「機会、か」

彼の目が俺を見て、『ああ』という顔になる。

「嫌だった？」

そんなの、『いい』とも『嫌』とも言えるわけがない。

俺は答えず、彼に背を向けた。

その途端、ゾクッとして身体が硬直する。

「…巴さん」

誰もいない公園。

色褪《いろあ》せた遊具の向こう、周囲に繁る樹木の根元に一匹の猿がいたのだ。

巴さんも気づいて、タバコを消すと俺の横に立った。

「ここ…、猿とか多いんですか…?」

猿はじっとこちらを見ていた。

「いないことはないが、人前に出てくることは少ないな」

まるで俺を庇《かば》うかのように前へ出た巴さんに向かって、猿はカーッと歯を剝いた。

その瞬間、俺の身体の中に熱いものが湧き上がる。排除しなくては、巴さんが傷つけられる前にという気持ちも。

けれど、俺が何かをする前に、巴さんが俺の手を取った。

「目を合わせないで。車に戻ろう」

「でも…」

「猿は絶対に目を合わせちゃいけないんだ。声を上げたり追い払ったりすると、却《かえ》って興奮して襲って来るだけだからね。距離を取って静かに後ずさりで逃げるんだよ」

でも、俺の身体の中で、何かが危険だと叫んでいる。

何かが、あいつを排除しないと、と警報を鳴らしている。

でも今の俺には何もすることができないから、俺達は猿にその場を譲って、そっと公園から離れた。

車に戻ると、すぐに中へ乗り込んで車を発進させる。

「…ここいらには猿は出なかったんだがな」

不安げに呟く彼の声が、俺の中のぐるぐるとした感覚を刺激した。

嫌なことが起こるような予感と共に…。


その後、気分を変えるように辺りを車で流したり、コンビニで買い物をしたりしてくれたけれど、もう景色や買い物を楽しむ余裕はなかった。

あの猿が、人間に何かをするとは思えない。山に猿がいた、ただそれだけのことだ。

なのに怒りや、腹立たしさや、不安が、落ち着かなくさせた。

屋敷に戻っても、気持ちは重く。来客があって巴さんが席を外すと、一人になった部屋で更に気分は重たくなった。

実物の猿を見て、わけのわからない恐怖を感じたのだ。

テレビでも、猿が人を襲うという話は見たことがあった。

頭がよくて、学習能力が高いので、撃退しようと思っても上手くいかないとか。子供や老人が噛み付かれて大怪我《おおけが》をしたとか。

猿が人を襲うと聞かされても、あまりピンときていなかった。猿なんて、そんなに警戒しなきゃならないほどのものだろうか、と。

でも、もし本気で襲って来たら…。

巴さんに聞かされた昔話で、猿が村の人達を喰い殺したというのも、俄《にわか》に真実味を増してくる。

俺がこんな姿になったのが昔話が真実だった証拠なら、猿が人を喰うというのも真実なのだろう。

何とかしないと。

その思いは、巴さんも一緒だった。

夕飯の時、部屋に戻って来た巴さんは真剣な顔で言った。

「群真くんには悪いけど、もう一度猫と話し合ってくれないかな」

その言葉の意味はわかった。さっき、公園でその話題が出た時、彼が察したのは気づいていたから。

また男とHなんて、と思って言いかけて止めたのだが、拒むことはできなかった。

「…やってみます」

猿の、現実の脅威を感じてしまったから。

「その前に、一人だけ君の状態を話しておきたい人間がいる」

「状態って…、猫耳のことですか？」

「ああ。他にも知ってる人がいた方が君も気が楽だろう。大丈夫、彼女なら他人に漏らす心配はない」

「女性…」

巴さんの彼女…？

「絹さんだ。ここに食事を届けてくれてる人だ。彼女は伝説のことも知っていて、この家の全ての管理を任されている女性だ。群真くんも考査の時に見ただろう？」

考査の時…。

「掛け軸を持って来た人？」

「そう。彼女はこの屋敷に住んでいるから、出会う機会も多いだろう。その度に逃げ回るよりいいだろう？」

彼の言うことはもっともだったので、その提案を受け入れることにした。

夕食を届けに来た時、巴さんは俺に彼女の前で帽子を取るように促した。

「どうやら嫁というのは、依《よ》り代《しろ》として体質が合う人間を選ぶということだったみたいだ」

と、夜の営みについては触れず、説明する。

白髪交じりの髪をきっちりとまとめた着物姿の女性は、流石《さすが》に俺の猫耳を見て目を丸くしたが、動揺は見せなかった。

「然様《さよう》でございましたか」

「はい」

「私が留守にする時に何かあったら、彼をよろしく頼むよ」

「もちろん、このことは他言無用だ」

「かしこまりました」

彼女の落ち着いた態度は、俺にとってありがたかった。

この部屋を訪れる人の足音から逃げ回らなくていいというのは、やっぱり気が楽になる。

「では、お風呂の方には人を近づけずにおきましょう」

「ああ、頼む。男同士だから、一緒に入るよ」

「はい」

彼女が去ると、巴さんは「一緒でいいよね?」と改めて訊いた。

本当は、彼の前で裸になるのは抵抗があったのだが、意識してると思われるのも嫌なので、黙って頷くしかなかった。

でも、彼にはわかったのだろう。

万が一を考えて、帽子を被ったまま階下に下りると、浴室の前で彼は「ちょっと用事があるから先に入ってて」と言って姿を消した。

そのまま、俺が上がるまで戻って来ず、着替えをしてる時にふらっと戻って来て、先に部屋に行っていていいよと言ってくれた。

気を遣ってくれてる。

本当に優しい人だ。

部屋へ戻ると、絹さんの気遣いなのだろう、食後に酒が提供されていた。

彼女にしてみれば、俺が彼の部屋に居続けるのはこの姿のせいだと思ってるだろうから、ただ男二人で一緒に過ごすのでは間が持たないと思ってくれたのだろう。

けれど、俺は手を伸ばさなかった。酒が好きというわけではないし、飲む気にならなかったので。

俺達が風呂を使っている間に敷かれた布団を見てしまうと、ちょっと酔いたい気分にはなったけれど。

「まあいいか、今日のはちょっと離して敷いてくれてるし…」

これも、彼女が俺と巴さんの間に『そういうこと』が行われてると想像していない証《あか》しだろう。

「巴さんは飲んでもいいんですよ」

戻って来た巴さんにそう言ったけれど、彼も手を出さなかった。

「酔ってするのは、君に失礼だろう」

と言って。

だがその言葉に、俺は益々緊張した。

覚悟はした。

自分で選択した。

でも、やっぱり抵抗感はある。

それに、昨夜のことを思い出すと、身体が熱くなる。

…気持ちよかったから。

何と言おうと、巴さんに『されて』俺はイッてしまったのだ。

それをまた、と思うと複雑な気分だった。

「群真くん」

「はい」

巴さんに名前を呼ばれただけで、身体が硬直する。

「じゃあ、『しよう』か」

「…はい」

奥の座敷に入り、布団の上へ座る。

昨日と同じように寝転んだ方がいいのだろうかと思っていると、背後から巴さんに抱き締められた。

「…緊張してるね」

「はあ、まあ」

「力抜いていいよ。嫌なことはしないから」

と言われても。

背後から伸びた手が、俺の浴衣の襟元から滑り込む。

指が乳首を摘まむだけで、もうゾクゾクッとしてしまう。

これからされることを思って、昨日の快感を思い出して、身体が勝手に反応する。

唇が耳に触れ、彼の吐息が聞こえる。

義務でしてるはずなのに、心臓がバクバクして、期待してる。

若いって、始末に負えない。こんな状況なのにこんな感覚になってしまうなんて。

指が胸を探ると、身体がビクンと跳ね上がった。

それを受けて彼の手が止まる。

「群真くん」

「は…、はい」

「嫌だったら断っていいんだけど、尻尾見せてくれる?」

「尻尾?」

「猫の」

「あ、はい。別にいいですよ」

そういう目的があるのなら、俺も服が脱ぎやすい。…と思って答えたのだが、すぐに後悔した。

尻尾が生えてるのは尾てい骨の辺り。つまり尻だ。

そこを見せるということは、彼にお尻を見せるということになる。

本当は勢いよくバッと全部脱いで、いやらしい気分を払拭《ふっしょく》するつもりだったのだが、恥ずかしさを覚えたせいで浴衣を脱ぐこともできなくなった。

手をついて、俯《うつぶ》せになり、尻を向ける。

巴さんの手が裾《すそ》を捲る。

「…本当に生えてる」

と言いながら、彼が尻尾に触れたのがわかった。

「触感、あるのかい?」

「わかります」

「神経が繋がってるのか」

「多分…」

「根元も、そのまま繋がってるな」

「…あ！」

彼の手が付け根に触れた途端、俺は変な声を上げてしまった。

「あ、悪い。痛い？」

「いえ…、その…」

答えづらくて言い澱《よど》むと、彼はさっきよりもっとそっと触れて来た。

「これならどう？」

違うんだ。

痛いんじゃなくて、今まで感じたことのないような感覚が、尾てい骨から股間を通って下半身に広がってるのだ。

気持ちいいって方向で。

だから、そっと触れられるのは逆効果だった。

「ちゃんと毛も生えてるんだね」

根元から先へ、尻尾を摑んだまま手が滑る。

「…う」

背筋にゾクッとした感覚が走り、俺はぎゅっと丸まった。

「群真くん?」

「ごめんなさい…。それ、変な感じで…」

「気持ちいい?」

「…まあ、どちらかと言うと…」

「ああ、ごめん。じゃ、もう止めようね」

「すみません」

「こちらこそ。今日はそのままにしていていいよ」

「でも…」

「向き合うと恥ずかしいだろう?」

「…すみません」

「いいから。脚を伸ばして、じっとして」

言われた通り、おずおずと脚を伸ばす。

枕にしがみついてじっとしていると、彼の手は捲った浴衣の裾から太腿《ふともも》に触れた。

撫でるような優しい手に、鳥肌は立ちっぱなしだ。

手は、股間に触れた。

下着の上からでも、その感触はダイレクトに感じる。

もうそれだけで、俺はその気になっていた。それを知られたくないと思って我慢するのだが、我慢しようと思ってできるものじゃない。

「触られるのと、舐められるのとどっちがいい？」

「…訊かないでください」

「でも気持ちいい方がいいだろう？」

「どっちも…、されたことないから一緒です」

答えると、耳元で彼の呟きが聞こえた。

「…困ったな」

巴さんは、俺のために、この家のために、男が好きなわけでもないのに我慢してくれているのだ。俺も恥ずかしがってばかりいないで協力しなきゃ。

「な…、舐められる方が…。全然違う感じがします…」

小さな声で答える。

「胸は？　あまり感じない？」

少し意地悪く聞こえる質問。

でもこれも早く終わらせようという心遣いなのだ。

「胸も…、感じます。何か、ざわざわして…」

「そう」

俺の言葉を聞いて、手が胸にも伸びてくる。

先だけいじられて、脈が早くなる。

昨日も思ったけど、乳首の先だけいじられるって、こんなに感じるんだ。

しかも、昨夜はちょっと触っただけですぐに下に移ったけど、今日は手が暫くそこに留《とど》まり、愛撫《あいぶ》され続ける。

「横向いて」

と言われて俯せの姿勢から横向きに体勢を変えると、衣擦れの音がして、巴さんが背後に寄り添った。

その時、尻の辺りに当たるものを感じた。

これって…、巴さんの、だよな？　当たるってことは、巴さんも勃起してるってこと？

俺で？

意識すると、俺のも硬くなった。

指が、胸をいじり続ける。

「ん…っ」

もどかしいような、焦燥感《しょうそうかん》。

下に触って欲しくて、膝を擦り合わせる。

自分で触って達してしまったら、意味がないんだろうと思うから、必死に我慢する。我慢するから、いじられている胸に集中してしまう。

自分から『下にも触ってください』とは言いだせないので、快感だけが身体の内側に溜まってゆく。

「…う」

視線を落とすと、巴さんの指が、俺の乳首をいじっているのがまともに見えた。押したり、こねくったり、摘まんだり。その動きを見てるだけでも、欲情する。自分の胸だっていうのに、リアルAVみたいだ。

「…あ…」

指先で形を変える乳首が、その変化と共に与えられる刺激が、脳を直撃する。そして股間にも。

「と…もえさん。そんなにしなくていいです」

「嫌?」

「っていうか…、俺、されるの慣れてないから…、いっぱいいっぱいです」

「ああ、ごめん。つい可愛くて」

「可愛いって…、俺がですか?」

「群真くんは我慢して協力してくれてるんだものね。早くした方がいいね」

胸を弄《いじ》っていた手が、下半身に伸びて、硬くなった俺のモノを摑んだ。

「う…っ」

ちょっと待って。

「本当だ。もう限界だね」

そういうこと言わないで。

今俺が可愛いとかって言ったでしょう。それってどういう意味なんです？

まさか巴さん、そっちの道に目覚めちゃったんじゃ…。

「舐めた方がいいんだよね？」

それとも、違う意図があって俺を『可愛い』なんて言ってるのか？　だとしたらそれって、俺のことを…。

「もう…、いいです。手でいいですっ」

今舐められたら、絶対瞬殺されてしまう。

「そう？」

でもそれは手でも変わらなかった。

「あ…っ」

扱かれて、先を弄られて、声が上がる。

背後から伸びる彼の腕を摑み、指を立てる。

「や…っ、あ…っ」

先漏れで彼の指がぐちゃぐちゃと卑猥《ひわい》な音を立てる。

「群真くん、我慢しなくていいんだよ」

そんなこと言われても。

「…は…っ、あ…」

イッてしまえば終わるとわかっているのに、身体が勝手に反応して、我慢してしまう。この快感をもっと味わっていたいというように。

そんなことあるわけない。

俺がこれを『いい』と思ってるなんて。

「巴さん…っ」

後ろから、彼の硬いモノが擦り付けられる。

いや、擦り付けてるわけじゃないのかも知れないけど、身体が密着して来たから当たってしまう。

その感触も、俺を追い上げた。

巴さん、俺を触りながら感じてるの？

だとしたら、これって本当にセックスしてるってことになるんじゃないのか？

俺が巴さんに抱かれてるってことになるんじゃ…。

「あ」

巴さんが、俺の先を爪《つめ》で軽くカリッと掻いた。

その瞬間、俺は彼の腕に立てた指に力を入れた。

「あ…っ」

そしてそのまま、全てを吐き出し、意識を失った。

快感に溺《おぼ》れて。


「またここか…」

目を開けると、どこまでも白い世界。

夢なのか、異次元なのか、精神世界というやつなのか。何にもない空間に、たった一滴落とされた墨《すみ》の雫《しずく》のような黒。

会いたかった黒猫は、目の前にいた。

「黒砂」

俺は猫の名前を呼んだ。

これが現実だとは思いたくない。思いたくないけれど、この世界で話すこの猫だけが、自分達の知りたいことを知っているのだとしたら、理屈や常識は投げ捨てて話し合うべきだと心に決めた。

『よくいらしゃいました奥様。再会できて嬉しいです』

「俺は奥様じゃ…。いや、呼び方なんてどうでもいい。俺も会いたかったんだ。黒砂、お前には色々訊きたいことがあるから」

『それは、それは。私もあなたに話したいことがあります』

「まず俺が先だ。どうしてこういう方法でしかお前と会えないんだよ。一々その…、昇天しなきゃならないなんて変だろう。他に方法はないのか？　意識を手放すなら、寝てる夢の中だっていいじゃないか」

『私とあなたが違うものなので、これしか方法はありません』

「どういうこと？」

『私とあなたの共通点が、主様を想う気持ちしかないからです。奥様は猿のやつらを知らない、私の中ではやつらを憎む心も強いですが、奥様にはまだそれがない。私はこの家も好きですが、奥様はまだ嫁いだばかりで家に執着もない』

血筋的にはこの家と繋がってはいるのだが、確かに俺は本條の家のことなどついこの間まで知らなかった。

『私は主様が大切です。あなたも主様を想ってらっしゃる。ですからあなたの思考が主様でいっぱいになり、自我を手放した瞬間だけ、私と通じることができるのです』

「寝る前に巴さんのことを考えて寝る、じゃダメなの？」

『眠っている時には雑念が多すぎます。眠る前に考えていても、夢まで制御はできないでしょう？　ですからこれが一番の方法なのです』

確かに、寝てる時は他のことを考えたりするかも知れないけど、イク時には彼のことしか考えてないけど…。

『奥様が主様と交わるのは喜びでしょう？　悪い方法ではないと思いますが？』

「色々問題があるの。猫にはわかんないよ」

『わかりませんね』

「この猫耳と尻尾はどうにかなんないの？」

『それはあなたがまだ主様を想う気持ちが足りないからです。完全に同調できていれば、そんな取り零しはなかったのです。私がお伝えしたいのもそこです』

「どこ？」

黒砂はクン、と顔を突き出した。

可愛くて、思わず撫でてしまいたくなる。

でも今は真面目な話をしてる最中だから、我慢した方がいいんだろうな。

『もっと、主様のことを考えてください。もっと強く』

「もっとって…」

『猿共と戦うには、私にもっと強い力が必要なのです』

「それ、そこ。俺はどうやって猿と戦えばいいの？」

『奥様は戦いません』

「戦わない？」

『戦うのは私です。ですが、奥様は私の力になります』

「力…」

『はい』

黒砂はじっと俺の目を見た。

青い、綺麗な瞳で。

『私は生身の身体を持っていません。ですから、力が弱まっています。それは猿も一緒。このまま戦っても相打ちか、仕損じることになるでしょう。ですから、生きている奥様の力を私に加算したいのです』

それは生体エネルギーってことか？

『生きている者の力は強大です。殿方であるせいか、比度《こたび》の奥様は力に溢れていらっしゃる。私と奥様の心が一つになれば、きっと猿を打ち倒すことができるでしょう。ですから奥様は私が奥様の力を受け取りやすいよう、心より主様を想ってくださいませ。あの方を猿の餌食にしない、と。大切な方だと』

それは俺に巴さんに恋をしろって言ってるのか？

『私が奥様と繋がったように、猿も僅かに零れる思念でここの猿達と同調しようとしています。今は猿共と心が一つになっていないですからよろしいでしょうが、もし猿どもが同調したら、奥様のいる世界の猿も奴の手下になるかも知れません』

「それって、現実の猿が人を襲うってこと？」

俺はテレビのニュースでやっていた嚙み付き猿のことを思い出した。山から町へ下りて、人を襲う猿は、現実にいるのだ。

そして今日見た、猿のことも。身近に、猿がいることの脅威を。

でも巴さんに恋をするように頑張る、とは言えなかった。

あの人のことは好きだけど、恋は努力してするものではない。

『そうなるでしょう。猿が動けば、私も戦わねばなりません。力が足りなければ、主様は確実に喰い殺されるでしょう』

猫の言葉に、俺は巴さんに群がり、彼に喰いつく猿の群れを想像してゾッとした。

猿なんて、可愛いだけの存在だと思っていた。動物園で見る限り、人を襲うなんて考えたこともなかった。

でも、頭もよく、手先も器用な猿が人を襲うようになったら…。小さな子供や年寄りはすぐに餌食になるだろう。

確か中国かどこかで、小さな男の子が猿に襲われて睾丸を食べられたってニュースもあった気がする。

「俺、巴さんには無事でいて欲しいな…」

猫は俺の言葉に頷いた。

『私もです。主様達は、いつも人々のことを考えてくださいます。お優しい方です』

「うん。他の当主は知らないけど、巴さんはそういう人だと思う」

『あなたは他の奥様と違って、私を利用したわけではありませんから、きっと上手くいきますよ』

「黒砂を利用？」

『本條の奥方の座が欲しくて、私と同調した者です』

「…黒砂、この家が欲しいの？」

猫のお家乗っ取りかと思って身を引くと、黒砂は心外だという顔をした。

猫だけど、ちゃんと表情が見えた。

『正確に申し上げるなら、家が大切と思う気持ちに同調したのです。ですが、欲望とは同調できず、その身に憑くこともできませんでした。それに、欲望は分散しやすいもの。家のためが金のため、新しい愛人のため、私の中にない気持ちで満ちた時、守ってやることすらできなくなりました。なのにいたずらに猿の掛け軸に手を掛けて自ら命を縮めた方もいます』

「命を縮めた？」

大正時代のお嫁さんが戦った後すぐに亡くなったっていうのは、やっぱり戦いのせいだったのか？

『戦うために奥様の命を縮めることはございません。戦いの最中に猿に近づかなければ。負ければ私が散るだけです。その後はまあわかりませんが。ただ猿が封じ込められている掛け軸に、直接触れれば猿が人の力を奪います。短慮な花嫁は無防備に絵に触れ、猿に力を吸い取られて亡くなりました。それが奴の力になったかと思うと腹立たしい』

「ちょっと待って、俺も掛け軸に触ると死ぬの？」

『私が憑いている限りはそのような心配はありません』

その言葉に、俺は胸を撫で下ろした。なるほど、猫耳には一応意味があったわけだ。けれど…。

俺はしゃんとした姿で目の前に立つ黒砂を見た。

何もないこの白い世界にいる、ただ一つの存在を。

「黒砂は、ずっとここにいるの？　一人…いや、一匹で？」

俺達は身を守るために戦うのだけれど、黒砂はみんなを守るために戦う。自分のためではないのだ。

それなのにまだ戦うつもりでいる。

『この家の猫と同調して憑くこともあります。てれびはその時に見ました』

ああ、前にそんなこと言ってたっけ。

「その時、他の猫と仲良くしたりする？」

『まあそこそこ』

「俺、黒砂に触っちゃダメ？」

『構いませんよ』

許可を得て、俺は黒砂の頭に手を伸ばした。

柔らかい、ビロードの手触り。

膝へ抱き上げて顎を撫でてやると、ゴロゴロと喉《のど》を鳴らした。

「お前、本当に最初の主が好きだったんだな。一匹で、誰も認めてくれないのにずっとこの家のために戦うなんて」

黒砂は目を閉じてうっとりした表情を見せていた。

『私は捨て猫だったんです。烏《からす》に突つかれているところを主様に助けていただきました。もしあの時拾われていなければ落とした命です』

そして淡々と語った。けれど、その光景を想像すると切なくなって、膝の上の小さな身体を抱き締めた。

「ごめんな、このことを知った時に、一番初めに言うべきなのは『ありがとう』って言葉だよな。ありがとう、黒砂」

猫は目を閉じ、俺の手に自分から頭を擦り付けてきた。

『優しい奥様』

「優しくなんかないよ。お前一人が戦うってわかってても、俺達を守って欲しいって思ってるもん」

『それは私の選んだことです』

「それでも、本條の家に繋がる人間全てを守るには、黒砂は小さいよ」

ここは現実の世界じゃないのに、抱き締めると黒砂の身体は温かかった。

「今度、現実の猫に憑いたら、俺のとこに来てよ。ちゃんと抱き締めてあげるから」

膝の上、猫は笑った。

笑ったように見えた。

『それまで、主様にもっと心を寄せておいてください』

そして、この間と同じように、現実の世界の色が視界に戻った。

溢れる色、景色。

過去か、未来か、現実か。

手の中の温もりが消えて、視界いっぱいに巴さんの顔。

黒砂も、巴さんも、自分に関係ないことで重荷を背負ってる。

黒砂はまだいい、自分で戦うって決めたから。でも、巴さんは自分が全然知らないことでずっとこの家に縛り付けられて、お嫁さんまで決められて。

最初の主がいなくなっても、黒砂が猿と戦おうって思ったのはそういうことなのかも。

自分の大切な人の子孫が、いつまでもこのことに縛り付けられるのを見るのが辛くて、早く何とかしてあげたかったのかも。

猿を倒して、彼等を自由にしてあげたい。

自分の主が辛い目に遭ったからこそ、その子孫には笑っていて欲しい。

きっとそれが、自分が一番好きだった主の喜ぶことだと信じて。


現実の世界で目覚めると、俺は一人布団で眠っていた。

肩までちゃんと布団をかけて。

頭を触ると、まだ耳があった。ついでに尻に触ると、尻尾の感触も。

「尻…」

俺は浴衣をちゃんと着ていた。布団も乱れてなかった。

意識を失った時は、巴さんに触られて、浴衣も布団も乱れていたし、射精もしたはずなのに、その名残はない。

誰かが、綺麗にしてくれたのだ。…って、巴さん以外にいないけど。考えてみればこの間も、目が覚めた時にはちゃんとしていた。

彼に二度も自分の始末をさせてしまったのだ。

考えると恥ずかしくて顔が熱くなった。

巴さんってば、どこまでいい人なんだか。

俺はもそもそと布団から這い出て、明かりの漏れている隣の部屋との仕切りである襖に向かった。

そっと中を覗くと、巴さんはまた机に向かって何か仕事をしていた。着替えたのか、また和服姿になっている。

あの人は俺よりは年上だけど、全てを受け止められるほど本当に大人だろうか？

彼は過去のことを全て知っていた。それなら、猫が失敗したら自分がどうなってしまうか知ってるんだろうか？

猿が自分を喰い殺すって。

「うん？　目が覚めたかい？」

俺に気づいて、巴さんが顔を上げた。

「仕事…、してたんですか？」

気づかれたから、襖を開けて中へ入る。

「ああ。でもいいよ。猫と話できた？」

「はい。あの…、綺麗にしてもらってありがとうございます」

「え？　ああ。うん。まあそのまんまってのもね」

書類を片付けた彼の隣に座る。

彼は、手を止めるだけでなく、俺の方に身体ごと向けてくれた。

「群真くんがどうやって戦うか訊いた？」

「戦うの、黒砂だけなんですって。俺は力を貸すだけだって。だから手を出さなければ危険はないって」

「そうか」

「…猫が負けたら、巴さんがどうなるのか、知ってる？」

問いかけると、彼は少しだけ困った顔をした。

「一番先に喰い殺される、かな。猿の標的は本條の家の者で、私はその当主だから。猫から聞いた？」

「やっぱり知ってたんだ」

「まあね。信じてなかったけど」

「今は？」

「信じてるよ。『全て』事実になってしまうって」

全て…。

『君が見たからだ。…だから全てが事実なのだ。そう、全てが…』

初めて彼からこのことについて説明を受けた時、彼が言った言葉を思い出す。あの時巴さんが『全て』と言ったのは、自分が死ぬかも知れないということも含んでいたのか？

「だから、自分に何かあった時にも、ちゃんと回るようにしてるところだ」

それがこの書類？　でもそれじゃ、まるで自分が死ぬって決めてるみたいじゃないか。まだ若いのに。そんな覚悟…。

「自分でできることなら悔いもないんだけどね。他人任せなのは辛いな。黒砂だっけ？　その猫と、君に全部責任を押し付けてる。大変なことになって申し訳ないと思ってるよ」

「俺は…！」

「私は本條の家の恩恵も受けてきたし、当主の直系だ。先祖のツケを払うのは仕方がない。でも群真くんは違う。今まで、本條とは無関係に生きてきたのに、こんなことになって本当にすまないと思うよ」

「俺と黒砂が守るよ」

「うん。でもダメだと思ったら逃げていいよ」

今、やっと気が付いた。

「俺が逃げたら、猿が…」

「そうだね。俺だけで済むならいいんだけど。そういうわけにもいかないんだろうな。困っちゃうね」

この人を、ずっと落ち着いてる人だと思っていた。

大人らしい、冷静な人だと。

でも違うんだ。

「でも猿も本家の人間を根絶やしにすれば、少しは気が済むかも知れない。今や本家の直系は私だけだから。私がいなくなると、この家は絶えることになるし」

諦めてるんだ。

この人は、全部諦めてるだけなんだ。

「俺が無関係なら、巴さんだって無関係だ。第一、元々悪いのは猿じゃないか」

俺は巴さんに抱きついた。

悲しくて、抱き締めてあげたくなってしまったから。黒砂も、巴さんも切ない。

「猿にしてみれば、山を切り開いた人間が悪いと言うかもな」

「でも殺し合うほどじゃない。こんなに長い時間恨みを抱くなんておかしいよ」

抱きついた俺の背中を、巴さんは優しく撫でた。

「そうだね」

「もっと怒んなよ！　理不尽だって」

「怒ったって何も変わらないよ」

「変わるよ。まだやれることはいくらだってあるよ。坊さんとか、神主《かんぬし》さんとか、陰陽師《おんみょうじ》とか、エクソシストとか、本條にお金があるならそういう人を雇えばいい」

「信じてもらえないさ」

「俺の姿を見せれば、みんなきっと信じるよ」

「見られたくないんだろう？」

「巴さんが死ぬよりマシだ！」

「…群真くん」

「俺は死にたくない。絶対に死にたくない」

「わかってる」

「わかってない！」

悲しい。

哀《かな》しい。

「俺一人が生き残っても、しょうがないんだよ。巴さんも生き残らなきゃ、俺が花嫁になった意味がないだろ」

受け入れてしまってる彼が、可哀想で、腹立たしい。

「それは申し訳ないと…」

「違う。巴さんも足掻《あが》いてよ。どんなにみっともなくてもいいから、生き延びたいって思ってよって言ってんの」

「…ありがとう」

「お礼より、頑張るって言ってよ」

「頑張るよ」

「絶対だよ」

「ああ」

でも、彼の言葉は信じられなかった。

俺を慰めるためのセリフにしか聞こえなかった。

それが悔しくて、また彼の身体をぎゅっと抱き締めた。

強く抱き締めないと、彼が消えてしまいそうで。

「ありがとう」

彼が俺の頬《ほお》にくれたキスも、陽炎《かげろう》のように儚《はかな》くて、ただ哀しいだけだった。

自分は、子供の頃から逞《たくま》しく育てられた方だと思う。

母さんが健康のためと言ってスイミングスクールに入れてくれたお陰で、身体は健康そのもの。

父親はあれで意外とアウトドア志向で、小さい頃は家族でキャンプに行ったりもした。

大学では何のクラブ活動もしなかったが、高校まではバスケットもやっていた。

身体だけではなく、心も健康だと思う。

両親は、小さなケンカはしたけれど、一人息子の俺に愛情を注いでくれたし、友人も沢山いた。

大きくなったら何になろうと夢を膨らませることもできた。

今だって、就職は普通の会社を選んだが、芸術家だろうが、小説家だろうが、スポーツ選手だろうが、パン屋だろうが、頑張れば何にでもなれると信じている。

世界の終わりがくるとか、悪魔の手先と戦うなんて想像したことはないし、自分が早死にするのを考えたこともなかった。

至って普通の子供だった。

普通であることを満喫できる子供だった。

でも、巴さんはどうだったのだろう?

俺は、朝食が終わった後、仕事をしている巴さんを置いて部屋を出ると、絹さんを摑まえて話を聞いた。

「巴さんって、どんなふうに育ったんですか?」

直球勝負で。

彼女は少し困った顔をしたけれど、俺が「例の一件で、知っておかなきゃならないんです」と言うと、渋々ながら話してくれた。

「噂話をしていると思われても困りますんで、外へ参りましょう」

客がいなくなった屋敷は静かで、どんな声も筒抜けになってしまいそうなので、彼女について外へ向かった。

屋敷を出て、あの猫の彫り物のあった社の前に、二人で進む。

ここは、初めて巴さんと会った場所だった。あの時は、まさか自分達の上にこんな運命が降ってくるなんて、思いもよらなかった。

「何がお知りになりたいのですか?」

強い日差しを避け、俺達は日陰側の縁に並んで腰を下ろした。

「そんな大層なことじゃないです。ただ、どんなふうに育ったのか知りたくて」

「特に申し上げるほど変わったことはございませんよ。成績も優秀でしたし、運動もおできになりましたし」

「昔から、あんなに落ち着いてたんですか?」

「然様ですね。お小さい時はワンパクでしたが、当主としての心構えをお父様からお聞きになってからは。丁度中学に上がられた時でしたわ」

中学…。

「それって、あの猿と猫のことですか?」

彼女は、少し眉をひそめた。

ここでその話はするな、という顔だ。

「花嫁選びのことを説明された時に、全てをお聞きになったでしょう。それで当主の自覚ができたのだと思いますよ」

違う。

彼は自分が殺されるかも知れないということを知らされただけだ。

何事も起きないかも知れない。けれど、自分が悪い籤《くじ》に当たってしまうかも知れない。

結婚だって、自由にできないと知らされて、覚悟しただけだ。

「大学は東京に行ったんですよね?」

「ええ。先代様もご存命でしたし、一度は外に出た方が社会勉強になると」

「一度、ですか?」

俺の言いたいことがわかって、彼女は目を伏せた。

「ご当主様はこの家から離れてはなりませんので」

目を伏せるということは、それがいいことではないとわかっている証拠だ。自分の未来に、夢物語が入ってくるというのはどういう気持ちだろう。それも、楽しい夢ではなく悪い夢だったら。

俺が、お前は先祖の呪いで将来猿に殺されるかも知れないと、中学生の時に聞かされたらどうだろう？

まず笑い飛ばすだろう。何をくだらないことを、と。

それでも父親が真顔で語ったら…、恐ろしくなるだろう。自分が死ぬこともそうだけれど、自分に連なる人々の死も背負わなくてはならないのだから。他の人と自分は違うのだと、自覚させられる。それを知っているのは自分だけだ、と。

巴さんは、そういうものをずっと心の中に持ち続けていたのだ。そして俺が、それを現実にしてしまった。

小さな不安の種を、俺が芽吹かせたのだ。

「もしも、『事』が起こったら、どうなるんでしょうねぇ…」

蟬の声が響く中、絹さんがポツリと呟いた。

「私にも、本條の血が流れてるんですよ。中條の出で。本條とは、どこまでを差すんでしょう？　上條も、中條も、下條も。この土地に住む者だけでなく、この地を離れた者にも災いは降りかかるんでしょうか？」

その言葉に、胃の辺りがキリキリッと痛んだ。

そうか、巴さんだけじゃないのだ。あの伝承を知ってる本條に連なる者はみんな、夢物語を思い出す度不安になっていたのだろう。

「大丈夫ですよ。俺が花嫁に決まりましたから」

まだわからない、とは言えなかった。

「俺は男だから、花嫁っていうとピンとこないかも知れないけど、戦うためにより強い人間を選んだと思えば心強いでしょう?」

「そうですわねぇ」

俺の言葉に、彼女は微かに笑った。

「猫憑きになったし、もうバッチリです」

帽子を被ったままの頭を叩いてみせる。

「頼りにしてますよ」

「任せてください。俺が巴さんも、本條の家もちゃんと守ります。俺、猫とも話したんですよ。今回の花嫁は男で強くてよかったって。俺、こう見えてもスポーツマンなんです」

「あらまあ」

絹さんはやっと笑った。

「俺達に任せて、安心してください」

「よろしくお願いいたします」

彼女は手を合わせて、俺を拝んだ。

この思いを、巴さんはずっと受け止めていたのだと思うと、辛かった。自分が今それを受け止めていることよりも。

そこで絹さんと別れ、俺は一人社に残った。

現実離れした出来事。

大きな責任。

死の恐怖。

空は青く、雲は白く、風はない。強い日差しのせいで影は色濃く、鼻には乾いた土と埃《ほこり》の匂い。

現実はこんなにリアルなのに、自分だけが非現実に残されるような感覚。

自分のこと、巴さんのこと、黒砂のこと、絹さんや、巧さんや正也くんや、武くんや、本條に連なる人達のこと。

考えれば考えるほど、『どうすればいいのか』がわからなくなる。

巴さんは答えを出しているのだろうか？

ずっと以前からこのことを知っていて、考えていただろう。その答えは出たんだろうか？

「…俺、バカだな」

俺が考えることなんて、きっと巴さんはもっと以前に考えついていただろう。お坊さんなんかを呼んで何とかなるものなら、きっとそうしていたはずだ。巴さんだけじゃなく、何代もの本條の家の当主が、それを行っただろう。

でもダメだったのだ。

残されてるのは、黒砂に頼ることだけだったのだ。

『そうだね。俺だけで済むならいいんだけど。そういうわけにもいかないんだろうな。困っちゃうね』

彼のあの言葉は、辛い。

俺は、何で俺だけがとか、死にたくないって思ってそれを口にした。誰だってそう思うだろう。でも彼は言わなかった。

巴さんだって人間だもの、一度も考えなかったわけがない。ただ、そういう時期がもう過ぎてしまっただけなのだ。

生き残るための手段を考えて、無駄だと悟って、それならせめて自分だけで終わらないかと思って、それもダメで。自分には戦うことすらできなくて、結果を待つだけ。

俺はまだ戦えるからいいのかも知れないとさえ思ってしまう。

他人に決められてばかりの人生を生きている。

職業も、住むところも自由にならず、恋もせず。伝説が現実となっても、やっぱり自分がすることは何にもない。

そんな状況なのに、俺のことを気遣ってくれて、愚痴すら零さず笑ってくれてる。

「どうしよう…」

切ない。

「俺…、巴さんのこと好きだ…」

あの人を守りたい。

あの人の助けになりたい。

巴さんを自由にしてあげたい。

穏やかな、諦めた笑みじゃなく、あの人を思いきり笑わせてあげたい。

彼が、とても好きになってしまったから…。


部屋へ戻ると、巴さんはいなかった。

俺は自分の携帯電話でネットにアクセスして、猿のことや魔物退治のことを調べてみた。

当たり前ながら、猿で出てくるのは実際の猿のことだけ、魔物退治は小説やマンガのことばかりだった。

中にはお寺や陰陽師のことも出てきたが、ネットを通して見ると何となく嘘っぽくて頼む気にならなかった。

四角い部屋。

ここで巴さんはくる日もくる日も、一人で何を考えていたんだろう？

信じてなかった、と言っていたけれど、忘れることもできなかっただろう。

その時、俺が側にいたかった。

何にもできないけど、側にいれば愚痴ぐらい聞いてあげられたのに。

彼のことを思うと、それだけで胸が締め付けられた。

儀式だけの花嫁のはずなのに、こんな気持ちになるなんて思わなかった。

「黒砂…」

俺は自分の胸の上に手を置いて、自分の中にいるであろう猫のことも思った。

「今なら、お前の考えてること、少しだけわかる気がするよ」

大好きな主人を守りたい。その人が守っていた家を守りたい。彼がいなくなっても。

それは恋ではなかったかも知れないけど、愛情ではあっただろう。その愛情を、主のために貫き通したいのだろう。

守り通して、主の元へ逝きたいのだ。

よかった、よくやった、と褒めてもらいたくて。いや、褒めてもらうことすら考えていないのかも。ただ主人を安心させたいのだ。

あなたの家も、子孫も、無事ですよ、と。

みんな切ない。

バカみたいに切ない。

「戻ってたのかい？」

巴さんの声がして、俺は顔を上げた。

「まだ戻ってないかと思った」

「戻って来ますよ。巴さんの奥様ですもん」

いつもの場所に座った彼に、そっと寄り添う。

「そっちこそ、ずっと仕事してるのかと思ってました。どこに行ってたんです？」

「銀行の人間と会ってたんだよ」

巴さんはまた笑っていた。

「大変ですね」

「まあね。仕事は誰でも大変だよ」

仕事のことについても、彼は辛いとは言わない。

俺は単に儀式で選ばれただけの花嫁だから仕方がないけど、同じ立場なんだから、俺にぐらい何か愚痴を零してくれてもいいのに。

「学生だから仕事の手伝いはできないですけど、愚痴くらいは聞けますよ？　俺、奥さんなんですから」

「本気で奥さんになってくれるつもり？」

「巴さんが望むんなら、考えます」

「本当に？」

彼は俺の顎に触れた。

「あんまり可愛いこと言うと、本気にするよ？」

「別にいいですよ」

でもすぐに触れた指を離し、頭を撫でる。

「ありがとう、気持ちだけで嬉しいよ」

まあ当然の反応だろう。

俺は男で、巴さんは男を相手にしたことがない人で、彼が俺を抱いてくれたといったって、仕方なくなんだから。

「猫はいつ猿と戦うんだろうね」

「さあ？　それは聞いてないです」

「生殺しだね。群真くんも夏休みが終わったら、東京に戻りたいだろうに」

そういえばそうか。

俺はいつまでもここにいられるわけじゃないんだ。

たとえ猿と戦って勝ったとしても、その時にはお役御免でここから出て行かなくちゃならないんだ。

東京へ戻ったら、もうこの家に来ることはないかも知れない。ここへ来なければ巴さんとは会えなくなる。

「俺、大学卒業したらこっちで働けないかな…」

「就職、決まってないのかい？」

「一応内定っぽいものは取ってます。でも解禁は十月だから」

「ああ、今は色々あるんだっけ。でも逆に今の時点で内定が取れてるんなら安心だろう？」

「ここが、好きになったんです」

あなたが好きになった、とは言えないからごまかす。

「それは嬉しいな。もし本気なら、考えてもいいよ」

「是非」

俺は座っている巴さんの膝に、頭を乗せるように横たわった。

「群真くん？」

今だけなのだ。

「俺の中の猫が、主に甘えたがってるんです」

こうして彼の側にいられるのは。

「頭でも撫でてやってください」

もしも、ここに就職できても、彼に触れてもらえるのは今だけだ。

俺は分家の外戚だけど、巴さんは本家の当主なのだから。近づくことも許されないかも知れない。

偽物でも、一時的でも、花嫁である今しか、彼の体温を感じることなんかできないのだ。

だから、黒砂を利用することを許して欲しい。

「黒砂、だったね」

俺は花嫁じゃない、猫だ。

「いい子だ」

可愛がられてるだけの猫で、奥様にはなれない。

この気持ちはお前とシンクロするかな?

巴さんの手が、ゆっくりと俺の頭を撫でる。

耳をちょっといじりながら、髪に沿って滑ってゆく。

「本当にいい子だ…」

柔らかな声は、自分に向かって言われているような気になってしまう。

何もかも、本当に『俺』に向けられていればいいのに。

でも、そうではないのだ。

「黒砂、ここの猫にも時々憑くんですって。だから今度猫を見かけたら、こんなふうに優しくしてやってください」

「そうしよう」

髪に触れていた手が、少し軌道をズレて唇に触れる。

俺は猫のフリをして、そっとその指先を噛んだ。

「…にゃあ」

正気だったらとても恥ずかしくてできやしない、猫の真似《まね》をして…。


巴さんが好きだ、と自覚しても、俺にできることはなかった。

猫と話はしてしまったし、もう彼に触れてもらう理由もない。

巴さんは仕事があって（もしかしたら後を任せる処理かも知れないけど）、ずっと机に向かったままだった。

俺はすることもなくて、やっぱりゲームが欲しいと頼んで、ゲーム機を入れてもらってずっとそれをしていた。

夕食を絹さんが運んできた時もゲーム中だったので、意図せずアリバイ工作ができた気分だった。俺達は一緒にいても、何にもしてませんよ、という。

事実そうであることが少し寂しかったけど。

その日の夜は、絹さんがいるから大丈夫だろうと風呂は別々に入りに行き、布団も別々で、何もせずに眠った。

隣で眠る彼の気配に中々寝付けなくて、何度も寝返りを打った。そうしてたら、彼が声をかけてくれるのではないかと期待して。

でも、巴さんは何も言わず、俺に背を向けて眠っていた。

黒砂には、もっと巴さんを好きになれと言われていたけれど、本当にそうなってしまったら辛いだけだ。

俺が好きになっても、彼は俺を好きなわけじゃないんだから。

一度『好き』と意識してしまうと、何もかもがそれに繋がる。

彼の横顔、彼の仕草、彼の声。

自分に向けて微笑みかけてくれる時、仕事の電話で険しい声を上げている時、キーボードを叩く指先。食事の時の箸《はし》使いや食べ物を飲み込む口元。

一度離れたらもう見ることはできないかと思うと、つい目がいってしまう。

話しかけたい。

でも話しかける話題がない。

俺と彼との共通の話題は猿のことしかなく、それを口にすれば彼に辛いことを思い出させる。それは嫌だった。

自然、ゲームのスイッチを入れて、それに熱中しようと思うのだが、同じ部屋に彼がいると思うと集中できずに、アクションものだったそれは失敗してばかりだった。

ゲームは上手い方なんだけど。

昼食を一緒に摂ると、巴さんは午後に出掛けようかと言ってくれた。

けれどその準備をしている間に電話がかかってきて、中止になった。

「ごめん、出掛けなきゃならなくなった」

「仕事？」

「県会議員のオジサン達の顔を見に行かなきゃならないんだ。すぐに戻るよ」

「いいよ。仕事優先するのは当然だもん。俺のこと気にしないで行って来て。俺、ゲームしてるから」

「本当にごめん」

巴さんが行きたくて行くんじゃない。行かなきゃならないから行くんだ。それを止めることはできない。

二人の時間が削れるのは寂しいけど、仕方がない。

スーツに着替えて出て行く姿を見送るしかなかった。

スーツ姿がかっこいいなあと思いながら、それを伝えることもできずに。

何にもすることがないから、結局俺はまたお社へ行き、そこにいた猫を可愛がったり、部屋でテレビを観たりして時間を過ごした。

巴さんに、『好き』って言ったらダメかな?

今なら自分を必要としてくれるから、そんなに邪険にされないと思うし。

そういう下心は醜くて、黒砂のためにはならないだろうか? でも人を好きになるのに下心はあって当然だろうし。

巴さんなら、きっと笑って受け入れてくれるんじゃないだろうか。

笑って…、諦めるんだろうな。

俺を花嫁にするのは、逃げられないからだ。俺でなきゃだめだって、シキタリが決めてるから、俺が『好き』って言ったら、これから先の恋を諦めて俺を受け入れてくれるかも知れない。

でもそんなのは嫌だ。

好きな人には好きになってもらいたい。

仕方がない、じゃ嫌なのだ。

俺が巴さんを好きになる理由はいっぱいある。かっこいいし、優しいし、我慢強いし、切ないし。

でも、彼が俺を好きになってくれる理由なんかないんだよな。

ウリは元気がいいってことぐらい？　顔はまあ悪くないけど、とにかくマイナス面は男だってことだよな。で、それが一番変えられないことだし。

お嫁さんに求めるものっていったら、家事全般だけど、家の手伝いすらロクにやってこなかったからなぁ。

好きになってもらうために何を努力していいかもわからない。

それとも、やっぱり今のうちに彼にいっぱい触れてもらうべきなんだろうか？　今なら、巴さんは俺に触れてくれるのだから。

でも彼に触れられることは気持ちよすぎて、このままクセになってしまうかも。そうなったらもっと辛くなるのかな。

うだうだと考えているうちに外は暗くなり、夕飯が届けられた。

けれど、巴さんは帰って来なかった。

食事を運んで来た絹さんにそのことを訊くと、いつものことで、多分飲んで戻るだろうということだった。

「年寄りはお酒が好きですからねえ。巴様はお強いから付き合わされて大変ですよ。群真様もお飲みになるならお持ちしますよ？」

その申し出はありがたくお断りした。

なので食事は一人。

テーブルに並ぶ豪華な料理を、寂しく突ついて食事を終えた。

巴さんが戻ったのは俺が風呂を使った後で、絹さんが言った通り酒の匂いをさせていた。

「おかえりなさい」

部屋に入って来た彼に言葉をかけると、巴さんはお詫《わ》びの言葉を口にした。

「ごめん、遅くなって」

「仕事でしょ、ご苦労さまでした」

まるで本物の夫婦みたいな会話。

気持ちが通ってないから、ちょっと虚《むな》しいけど。

「スーツ、似合ってますよね。かっこいいですって言うの忘れてました」

「着物よりこっちのが好き？」

「どっちも。巴さんかっこいいから、両方似合いますよ」

「群真くんは褒め上手だな」

「本音です」

「褒められるのは嬉しいが、楽にさせてもらうよ」

巴さんが着物に着替えている間に、茶を淹れて差し出す。

「はい、どうぞ」

「ありがとう」

　こんなふうに穏やかな時間を、これからもずっと過ごせればいいのに。

「明日は日曜だから、一日一緒にいるよ」

「本当？」

「私でよければ、だけどね」

「嬉しいです」

「どこに行きたい？」

「どこでも、巴さんと一緒なら」

「…群真くんは本当に可愛いね」

　子供扱いなんだろうけど、言われると悪い気はしない。

「仕事、どうでした？」

「退屈だったよ。群真くんと一緒にいる方がいいな」

「巴さん、酔うと口が上手い」

「酔ってないさ。酒は強いんだ」

　くつろいで、彼が笑う。

「群真くんは酒、弱いんだったっけ？」

「そんなに強くないけど、飲めないわけじゃないです」

「じゃ、今度飲もうか？」

「いいですよ。酔っ払っていいなら」

「いいよ。私が介抱してあげよう」

軽い会話が楽しい。

「今日はもう休むかい？」

でもそれも長くは続かなかった。

もっと話していたかったけど、きっと疲れてるんだろうと思って頷いた。

昨日と同じように、それぞれの布団に入り、明かりを消す。けれど昨日と同じように、なかなか寝付けなかった。

隣に巴さんがいる。

それを意識しすぎて。

「眠れない？」

お酒も入っているし、きっと寝てしまっただろうと思って寝返りを打った時、今日は彼から声がかかった。

「…少し」

「心配？」

「心配って言うか…」

「わかるよ。何もせずに待つだけっていうのは嫌なものだものね」

巴さんの言葉には、重みがある。

返事をせずにいると、隣から手が伸びてきた。

「手」

「え?」

「繋ごうか」

枕元の明かりだけが灯《とも》る部屋、宙に浮いてる彼の手に手を伸ばす。

重なると、巴さんはぎゅっと強く握ってくれた。

「どういう状況になるか、私には何も言えないけど、ずっと側にいるよ。約束する」

彼にとっては当主としての責任だとわかっているのだけれど、その言葉は嬉しかった。

この一件が片付けば、その言葉も嘘になるとわかっていても。

「猫に…、黒砂に訊いてみるかい?」

「え?」

「もう一度猫に会って、いつ戦うのか、その目安だけでも訊いてみたらどうだろう。その時にどんな兆候があるか、とか」

その言葉に俺は慌てた。

だって、黒砂に会うということは『そういう状態』になるということで、そのためには巴さんに触れてもらわなくてはならないのだ。

こんな気持ちのまま触られたら、巴さんから離れられなくなってしまう。もっと彼を好きになってしまう。

「私も不安だし、戦いでどれだけの者が巻き込まれるかとかわからないと、皆を逃がした方がいいかどうかもあるだろう？」

でも、彼のその言葉を聞くと、彼の不安を取り除きたいという気持ちの方が強くなった。

彼の言う通り、被害のことだって知らなきゃならない。

触られても、触られなくても、もう巴さんが好きだというのは変わらないだろう。それなら、彼が抱える不安を軽減できることを、何でもしたい。

むしろ、彼の方から触れたいと言ってもらえるなら、ありがたいくらいではないか。

俺も、いつまで彼の側にいられるか知りたいし。

「…わかりました。会って、訊いてみます」

繋いだ手に、力を込めてそう答えた。

「…ごめんよ」

「いいです。巴さんが、できるなら自分でやりたいって思ってることはわかってます。他人に任せっきりでいいと思ってるわけじゃないって。だから気にしないでください」

「…そうじゃない。そうじゃないんだ」

「巴さん？」

彼はその後を続けなかった。

「風呂、入って来るよ。酒を抜いて来る」

「いいですよ。そんなに酔ってないんでしょう？」

繋いでいた手が解かれ、巴さんは起き上がった。

「でも君に失礼だから」

「気にしなくてもいいのに」

「礼儀だよ。少し頭を冷やさないと」

そう言うと、彼は部屋から出て行った。

まるで逃げるように…。


巴さんは戻って来ると、「寝てていいよ」と言いながら、俺の布団に入って来た。

まだ少し湿った髪のシャンプーの香りがする。

布団の中で触れられるのは、自分のモノを見なくて済むけれど、その分想像が逞しくなってしまう。

「帯解いていいかい？」

そういうことは訊かなくてもいいと言ったのに、律義な人だ。

「…はい」

風呂上がりだから、体温は彼の方が高かった。

温かい手が、浴衣の裾を割る。

いつもってほどしたわけじゃないけど、前二回とは違う感じ。

風呂に入って少しふやけて、指の皮膚が柔らかくなってるのかも。触感が違う。

「下着、取って」

「取るって…、下ろすだけじゃだめですか？」

「いや、それでもいいよ」

パンツは俺の命綱。…ってわけじゃないけど、コトが終わった後、彼が自分の始末をしてくれていると気づいてしまったから、脱ぎたくなかった。

だって、意識を失ってるとはいえ、他人にパンツを穿かせてもらっていたなんて。超ハズカシイじゃないか。

最初はいきなりフェラチオだった。

二度目は背後から手で扱かれた。

三度目はどんなふうにされるんだろう。

ドキドキしながら彼の手を待つ。

巴さんは隣に横たわると、この前と同じように俺に横を向かせ、背後から手を伸ばして来た。

帯の結び目が解かれているから、浴衣を彼が引っ張ると前が大きくはだける。

手は下着を引き下ろした。

尻が出る感覚。

それに前も。

彼の手が、尻尾を摑んだ。

猫って、そこが急所なのか、それとも俺が新しい身体の一部が与える感覚に慣れていないのか、ゾクゾクッとする。

「尻尾、いいの？」

「いや…、いいって言うか…。変な感じで…」

「変な感じ？」

「はあ…」

「前とどっちがいい？」

「あの…。答えにくい質問は…」

「ああ、ごめん」

さわさわと、毛皮の手触りを確かめるように尻尾を撫でる。

「明かり、点ける?」

「え、何で?」

「いや、猫のこと調べてみたら、猫の発情って暗い方が促されるみたいだから」

「発情はしてないです。っていうか、しても困るし」

「そう? じゃ中に入れた方がいいのかな?」

「どうして?」

「いや、発情を抑える方は、綿棒とか入れてやるといいとかって…」

ひょっとして、思ったより巴さん酔ってる?

「俺、猫になったわけじゃないので、そういうの関係なくていいです」

「でも尻尾、感じるんだろう?」

言いながら根元をきゅっと引っ張られる。

「ひゃっ」

感じるわけじゃないんだけど、身体の中で尻尾から続く神経が何かに繋がってるみたいで、声が上がる。

「す…、すみません。尻尾ナシの方向で」

「手触りいいんだけどね。わかった。そうするよ」

そりゃ、男のナニより猫の尻尾の方が手触りはいいだろう。

「尻尾の方が、君を抱いてるって感じがごまかせるんだけどね」

けれどその一言は、傷ついた。

ああ、やっぱり巴さんは俺を好きで手を出してるわけじゃないんだなぁ、と。

でも仕方ない。

これは黒砂との交信のためなのだ。

「群真くん…」

手は前に伸びた。

「緊張してるね」

「それはまあ…」

「だよね。男に触られるのは嫌だろうね。でも我慢して」

違う。

あなたに触られると思うと、緊張するのだ。

他人に触られること自体にも緊張した。そんなこと、初めてだったから。でも今は、その他人が巴さんであることが、もっと緊張させるのだ。

言えないいけどさ。

手が、俺のモノを握って扱く。

寄り添う彼の吐息が耳にかかる。

やっぱり簡単に俺は勃起し、息が上がる。

「布団、取るよ」

「と…、取るんですか?」

見えない方がいいのに。

「汚すと言い訳に困るだろう?」

「…ですね」

彼が足で布団を下へ蹴り、ずらした。

緩んだ帯紐一本で、辛うじて身体に纏わりついている浴衣と、下着から出た自分のモノ、それを握る彼の手が目に入る。

見なければいいのに、視線が外せない。

指は寿司《すし》でも握るように、巧みに動いていた。

「う…」

「仰向けになって、脚を開いて」

言われるままに体勢を変え、仰向けになる。

視界には薄暗い天井だけ。

巴さんは俺の開いた脚の間に身体を移した。

「舐められた方がいいんだったよね？」

また返事に困ることを訊くから、答えはしなかった。

見ちゃいけない。

見ると、もっと恥ずかしくなって、感じてしまう。早くイッてしまうと、彼との時間が短くなる。

これが、最後かも知れない。

黒砂に会いに行くためでない限り、花嫁っていったって触れ合う理由はないのだから。今回訊きたいことを訊いたら、もう黒砂に会う必要はないと言われるかも知れない。そうしたら、もう終わりなのだ。

童貞の儚い抵抗であろうと、この時間を引き延ばす努力をしたい。

「あ…」

本当に儚い努力だけど…。

経験不足の俺と、テクニシャンの巴さんと、勝負はとっくに決まってる。

ましてや、より感じる方の刺激を受けては快感を止めることができない。

舌が絡み付き、彼の手が内腿を撫でる。

「う…っ」

自分のモノが膨れ上がり、硬くなる。

歯が軽く当たると、ビリビリっと電気が走る。

巴さんは強く吸い上げて、先を舐めた。

指が割れ目に沿って動き、俺の後ろに伸びる。

「ひ…っ」

腰に力が入って、指を拒むようにソコが窄《すぼ》まる。

「巴さん…、そこは…っ。あ…」

「入れないよ」

入れなくても、そっと触れられてるだけで何だかキケンな感じがする。

そこも他人に触れられていい場所じゃないし、敏感なトコだし。前をいじられてる最中に撫でるように触れられると…。

舌の動きと音が、目を逸らしていても感じてしまう。

「あ…」

我慢だ、俺。

「離れ…」

我慢。

「んん…っ」

指が、舌が、前と後ろから俺を襲う。

もうダメだ。

やっぱり抵抗は儚く虚しい。

「あ…あ…っ！」

股間の真ん中から、ズキンとした痛みのような痺《しび》れのようなものが上がってく。

次の瞬間、俺は堪《こら》えていた熱を吐き出した。

「あ……」

脱力感が全身を包む。

脚が引きつる。

でも…。

俺は意識を失わなかった。

「イッたか…」

俺から身体を離す巴さんの気配も感じる。

いや、気配だけじゃなく、身体を起こした彼の姿が目に入る。

「本当にウブで可愛いな。これだけでイッちゃうなんて」

俺を見下ろして苦笑する彼の顔も。

っていうか、今、俺出したよね？

咥えられてる口に。

なのに何で巴さんは喋れるんだ？　俺の出したものはどこへ消えたの？

「さて、自分の処理を…」

「と…、巴さん…」

彼が目の前で自慰を始めるかと思うと、いたたまれなくなって、俺は声を出した。

「群真くん？」

当然ながら、巴さんは驚きの声を上げた。

「え？　意識あるのかい？」

「はい…、何でかわからないですけど…」

ああもう。穴があったら入りたい。

俺はごそごそと自分の浴衣を合わせて前を隠した。

「今、射精したよね？」

「はい…」

その行方は訊かないことにしよう。

「だよね。確かに飲んだし…」

聞きたくないから訊かなかったのに。本当に巴さんってば。男同士だと思ってるからか、天然だからか…。

「よくなかった？」

「いえ。そんなことないです」

「じゃ、どうして？」

「…どうしてでしょう。黒砂が拒否したとか…」

「もう会えないとは言わなかったんだろう？」

「はい」

巴さんは腕組みして考えていた。

「…慣れてきちゃったのかな」

「は？」

「ほら、最初は初めてだったけど、もうこれで三度目だし、触られたりすることに慣れてきたのかも」

そんなことない、…と思う。今だって、頭がクラクラするくらい感じていたのに。

でも、もしかしたら本当に男スキルが上がったのかも。

それとも、我慢して長引かせようとか考えたから？　ひょっとして、俺に下心ができたからとか？

「もう少し刺激的にしてみる？」

「は？」

「いや、慣れてきたのなら、もう少し過激にしてみるとか」

「俺、初心者ですよ？」

「もう初心者じゃないだろう？」

何で巴さんそんなにこやかな顔で過激なことを。

「…酔ってます？」

「いや。酔ってはいないけど…」

「けど？」

「ちょっと限界に近いかな、と。君が起きてると、自分一人でどうこうできないし…」

恥じらうように視線を外されて、やっと気づいた。

そうだよ。

俺を触ってる間に巴さんだってその気になってたじゃないか。俺に欲情云々《うんぬん》はさておいて、男なら雰囲気ってものもあるだろうし。

今まで、俺がブラックアウトしてから、彼は俺の処理をして、自分の処理をして…。考えると俺ってば何て酷い。

「すみません！」

全身冷や汗ものだ。

「いや、謝らなくてもいいから」

「何でもしていいです。俺、我慢します」

「本当に?」

「男同士ですし、巴さんが相手なら」

「私が相手なら、ねぇ…」

「いや、本当に。頑張って巴さんに触っても」

「イかなきゃならないのは君であって私じゃないだろう。我慢してされるくらいなら、好きにさせてくれる方がいいかな」

「はい!」

ド緊張の中、彼は笑った。

「群真くん、見かけによらず熱血だよね。あんまり人がいいと騙《だま》されちゃうよ?」

その笑顔のお陰で、少し気不味さが消える。少しだけだけど。

「誰にでもじゃありませんよ。言ったでしょう。相手が巴さんだからです。信用してます」

どさくさに紛れて、『好き』アピールなんかも入れてみたりしたのだが、それに対する彼の反応は予想とちょっと違った。

「信用されても、私も男だしね」

はだけた俺の胸に置かれる手。

上から覗き込む顔がいつもと違う。

男の…顔？

「何でもしていいって言ったのは、群真くんだからね？」

不穏な言葉を口にして、彼は部屋の隅に行くと、何かを持って来た。

コンビニの袋だ。中に入っていたのは小ボトルのベビーオイルと、『薄ピタ』と書かれたコンドームの箱だった。

「…巴さん？」

「コンドーム着けた方が、布団が汚れなくていいから。二度も飲むのはねぇ」

「あ、はい。着けます」

「着けたことある？」

「…ないです」

「じゃ、じっとしてて」

箱を開け、取り出した四角いパッケージを破って中身を取り出す。

俺に着けるのかと思ったが、彼は浴衣の前を開けると自分のモノを引き出した。

「う…」

俺のより立派なモノ。

見てはいけないと思うのに、目がいってしまう。

屹立《きつりつ》したモノに、装着するさまから目が離せない。

「群真くんに着けるのは、もうちょっと勃起してからだね」

何だか目眩がする。

俺の方が酔っ払ってる気分だ。

さっきイッた時、実は意識を失ったけど黒砂には会えずに夢を見てるとか？

「脚、開いて」

何でもする、と言った手前、俺はおずおずと脚を開いた。

「怖かったら、目を瞑《つむ》っていていいよ」

怖かったらって…、俺が怖がることをするのだろうか？

そういえばいつもより刺激的にするって、何するつもりなんだろう？

まさかＳＭってことはないよな。道具もないし。

目を瞑っていていいと言われても、目を瞑る気にはなれなかった。この目で彼が何をするのか見てないと不安で。

部屋は相変わらず薄暗かったが、もう目が慣れてしまって全てが見えていた。胸元をはだけ、飢えたような目で俺を見る巴さんも。

巴さんは俺に近づき、脚の間に座ると、上半身を被せてきた。

近づく顔。

「キスしていい？」

「え…、それは…」

気持ちがないのにキスされるのは抵抗がある。

「じゃ、頬に」

彼は顔を寄せ、頬に口付けた。

そのまま唇は耳に触れる。

身体も重なり、手が胸を探る。

面と向かって触れられると、『抱かれている』という気分になる。彼が、俺を求めてくれてるような。

「あ…」

一度吐き出して覚めた身体が、彼の指が触れる度にまた熱を持つ。

唇は耳から首、首から肩へと移動する。そのせいで、まだ残っていた浴衣が更にはだけてしまう。

露になった肌に、彼の唇が痕を残す。

点々と感じる彼の痕跡《こんせき》は胸で止まり、舌が胸を濡らす。

「あ…」

抱かれてる。

俺をその気にさせてるのではなく、彼が自分の欲望のために俺を求めてる。勝手な考えかも知れないが、そう感じた。

巴さんはもう臨戦態勢で、相手が俺でなくてもよかったのかも知れないけれど。

手が、下半身に伸びる。

「や…」

「もう反応してるね」

「だから、言わないで…」

「悪いことじゃないだろう？　私のもだよ」

そんなことはわかってる。

さっきから時々当たるのだ。

硬くて、はっきりとわかるソレは、コンドームのグリースのせいでぺたぺたとしている。

その感覚も刺激となっていた。

初めてこの部屋へ通された時、二つ並べて敷かれていた布団が生々しいと思った。

そんな自分がこんなことをされるなんて。

それを悦《よろこ》んでいるなんて。

「もっと脚を開いて」

彼が望むなら、何でもする。

嘘ではない。

　恥じらいはあるけれど、拒めない。

「そう、少し冷たいかも知れないけど、我慢して」

　彼がもう一つコンドームを取り出し、その指に被せた。

　何をするのかと思っていると、片手でベビーオイルの蓋を開けその指に零し、俺の下半身に伸ばす。

「あ……。何を…」

「じっとして」

「でも…」

「指だけだから」

「巴さん…っ！」

　さっき触れられた場所に、そのぬるりとした感触が触れる。

　指だけって、まさか入れるつもり？

　でもそんな…。

「やだ…っ」

「群真くん」

「そこまでしなくても…。…あっ！」

　指先が差し込まれる。

反射的に身を硬くし、指を拒むが、オイルのぬめりがそれを無駄にした。

「ひっ」

あらぬところに入り込む指の感覚。

「やめ…。ん…っ。なんか…」

力が抜ける。

でも力が入る。

彼が腰を擦り付けてくるから、モノが当たる。

これはマズイ。絶対にマズイ。

彼には欲望のはけ口であっても、俺には恋なのだ。このすれ違いのままコトが進んでしまうと、彼から離れられなくなってしまう。

「あ、あ、あ…」

我慢できなくて、俺は目の前の巴さんにしがみついた。

「そこ…、だめです…。ホントに…」

「ごめん」

指が、強引に差し込まれ、中を掻き乱す。

「巴さん…」

涙が浮く。

「我慢できない」

「我慢って…」

頭がぐらぐらする。

我慢できないって何？

俺、このままでいいの？

巴さんが俺を抱くのは嬉しいけど、恋があるわけじゃないのに受け入れていいの？　でもこのチャンスを逃したら、もうこんなことしてもらえないだろう。

でも気持ちがないままで抱かれれば後悔するかも。

でも今は黒砂に会うという目的があるわけだし。

でも…、でも…。

「あ…。ん…っ」

手が、硬くなり始めた俺のモノを握る。

クーラーは効いてるはずなのに、身体が熱くて汗ばんでくる。

「とも…え…さ…」

胸を吸われながら後ろを責められ、いつもと違う快感に包まれる。

「や…」

乱れる。

衣服がとか髪がじゃなく、淫れる。

「んん…っ」

自分の中の性欲を高めて吐き出すだけじゃなく、相手がいて、されてるって感じが強くなってくる。

触られてる場所全てが快感を生んで、堪《たま》らない。

いじられている間に指はどんどん奥へ入ってきて、更に抜いたりもう一度入ってきたりと動きが様々になる。その一つ一つが、別の感覚を生む。

声がひっきりなしに上がり、巴さんにしがみつく。

しがみつけるのは今だけ、という考えが頭を過《よぎ》ると、遠慮もなくなる。

「巴さん…っ」

そうだ。思いきり名前を呼べるのも今だけなんだ。

「巴さん…」

だから何度も呼んだ。

呼んでるうちに、何かもうどうでもよくなってきた。

気持ちいいし、求められてるし、これが最後かも知れないし。それならもうどこまでされてもいいような気になってきた。

「巴さん…」

指が引き抜かれる。

手が、俺のモノを握る。

「んっ」

コンドームを着ける気配。

「こうやって着けるんだよ」

と言われても、見る余裕もない。巴さんが俺のに装着させてると思うだけで興奮する。ひたっとするグリースの感覚。形に沿って、薄い膜を被せる。

でもそのまま放置され、握ったり擦ったりはしてくれなかった。

もどかしく感じる身体を、オイルに濡れた手が彷徨《さまよ》う。

胸や、脇腹、腰や脚の付け根。

「群真…」

呼び捨てにされ、腰が疼《うず》く。

「気持ちいいかい?」

「気持ち…いい…っ」

顔が近づくと、微かにお酒の匂いがした。

絶対酔ってるんだ。

酔ってるから、あの巴さんがこんなにオスめいてるんだ。

乳首を摘まれ、捩《ねじ》られる。

目は向けなかったが、前にいじられてた時の映像が脳裏に浮かぶ。

またあんなふうに触られてるんだ。いや、もっと強く、もっといやらしく触って来る。

こねくって、摘まんで、押して。触られてない下半身に響くような快感を生む。

「群真、本当にごめん…」

何で謝るの？

悪いことなんかしてないのに。俺がしてもいいって言ったのに。

その意味はすぐにわかった。

「あ」

開いていた脚を抱えられる。

「…巴さん？」

オイルが容赦なく注がれぬるぬるする。

指が、今度は纏うものなく穴に触れる。

中に入るのではなく、襞《ひだ》に触れ、そこを広げる。

その中心にモノが当たる。

指は、入口を広げている。ということはこの当たるモノは…。

「巴さん…！」

「欲しいんだ」

「待って…！」

「ごめん、我慢できない」

グッとそれが中に押し込まれる。

「い…っ！」

嘘！

まさか、信じられない。

「…ひ…っ、い…。入って…」

巴さんのが入ってくる。

脚は大きく広げられ巴さんはどんどん近づいて来る。

怖くなって、痛くて、逃げようとした。

しがみついていた手を離して、布団を握って、彼から離れようとしたのに、巴さんはがっちりと俺の腰を摑んで離さなかった。

「入んないよ…ぉ」

険しい顔。

目を伏せた、真剣な顔。

「怖い…」

快感はあった。でも未知の感覚は恐怖を呼ぶ。

「力、抜いて」

「無理…」

「群真」

力を入れると、入りかけたモノがずるりと吐き出される。その感覚すら鳥肌を立てるほど気持ちがいい。

「仕方ないな」

今日の巴さんは酷い。

初心者なのに。俺は嫌がったのに。腰を掴んだ手で俺を引っ繰り返し、俯せにさせると逆向きに腰を抱えてきた。

「やぁ…」

尻尾を掴まれて、腰を上げさせる。尻尾は弱いってわかってるのに。

抵抗する力もないまま、彼の思うようにされていると、再び彼は俺を貫いた。

「…ひっ」

一度受け入れたからか、ベビーオイルのせいか、後ろからだからか、さっきより簡単に先が入る。

でも全てが呑み込めるわけではなく、押し込まれる痛みがある。

ぴったりと身体が重なり、前に回って来た手が俺のモノを握った。

「イッていいよ」

口を閉じることができない。

呼吸が荒くなって、痛みの悲鳴が零れて、喘《あえ》ぎが溢れて、唇は開きっぱなし。そのせいで唾液《だえき》が溢れ、唇が乾く。

涙がじわりと湧いてくるのは、悲しいからじゃない。生理的なものだと思う。

「あ…っ、ん…っ。や…、痛…っ」

痛みを訴えてはいたけれど、前を扱かれているから気持ちはよくなってくる。

貫かれて気持ちいいなんておかしいと思いながら、溺れてゆく。

腰を動かされ、何度も抜き差しされ、痛みも緩慢になってくると、快感だけが残る。

「はぁ…、あ…、ん。う…、とも…」

獣みたいだ。

自分が。

気持ちがいいっていうことだけに溺れてゆくなんて。彼の腰の動きに合わせて快楽の喘ぎを上げるなんて。

俺ってばサイテー。

彼が自分に恋をしてなくても、優しい巴さんがここまで自分を強引に求めてくれることが

嬉しいと思ったり、与えてくれる肉体の快楽を手放せなかったり。

ああそうか、涙が出るのは情けないからかも知れない。

このまま『好き』と言えたらいいのに。

抱かれることが『嬉しい』と言えればいいのに。

でも今言ったら、肉欲に流されて口にしているだけだと思われるかも知れない。そう思うと言えない。

本当に好きなのに。

こんなことされても、好きなのに。

「巴さ…」

男なのに、犯されることが気持ちいいと思うほど、好きなのに。

「ごめん…」

耳元で、巴さんが囁いた。

入口だけで抜き差ししていたモノがグッと深く入り込む。そのまま更に何度も小刻みに腰を進める。

俺を握る手が、激しく動いて、ゴムの上から指が先端を乱暴に押し回した。

「あ……」

どろっとしたものが溢れて出口のないコンドームの中で自分のものを包む。

「ひ…」

ハレーションを起こすように、目の中に星が散った。

尻尾の先から、頭の先まで、背骨を通って快感が走り抜ける。

ぎゅっと中にある彼を締め付けると、小さな呻《うめ》き声《ごえ》が聞こえた。

「…っ、群真」

俺の名前を呼ぶ巴さんの声と共に…。

嬉しくて悲しい。

彼が抱いてくれたことが、ここまでされておきながら、愛情を得られないことが。複雑な感情と、微かな虚しさを与える。

巴さんでも、あんなふうになるんだ。

欲望に突き動かされるように荒々しさを見せるなんて。

強引に犯されたという感じはあるけれど、そのことを恨む気にはならなかった。

自分のどこかに、嬉しいという気持ちがあることは自覚していたから。

でも、そのことに気持ちが伴ってないのが寂しい。

『奥様』

当たって砕けろで、『好き』と言ってみようか？

どうせ別れるなら、別れる時に。

『奥様』

でも、当主の嫁になって財産を狙ってるとか思われたりして。そのことで随分嫌な思いをしたようなことを言っていたし。

『奥様』

意識はあったけれど、目を閉じたまま横たわっていた。つい今しがたまでの現実に囚《とら》われていて。

だが続く呼びかけに、俺はやっと声に反応して目を開けた。

白い世界。

今の自分の心のように空っぽの世界。

何も考えられないから白なのかな。その中で像を結ぶ俺達は、同じ想いだからなのか。その想いだけが、ここの『実』なのかな。

俺はすぐそこにいる黒砂を見ると、手を伸ばして抱き締めた。

柔らかな毛皮の感触。これがここの実体だ。

「こんなに頑張ってるのに、誰も認めてくれないなんて寂しいよね」

『私ですか？』

「報われないって辛いじゃないか」

自分のことに準《なぞら》えて、切なくなる。

こんなに気持ちが募るのに、それが伝わらないことは寂しい。黒砂だって、自分の全てをかけて主を守っているのに、それを褒めてくれる人がいないなんて絶対に寂しいに決まっている、と。

『私は報われてます』

「どうして？」

『私の主様と奥様が、私を愛してくださいましたから』

「でも昔のことだろう？」

『時間が過ぎたからといって、褪せるものではありません。後を頼むとお二人に言われたことは、いつだって思い出せます』

「黒砂…」

健気《けなげ》すぎて泣いてしまいそうだ。

巴さんも、黒砂も、どうしてこんなに純粋で責任感が強いんだろう。俺なんか恋に報われないだけでこんなに辛いのに。

「俺…、黒砂に同調できるかな…」

『もちろんですとも。今が好機です』

「え？」

黒砂は、抱き締めていた俺の手の中からするりと抜け出し、正面にちょんと座った。

『主様を、心からお守りしたいというお気持ち。絶対に死なせてなるものかというお気持ち。私、強く感じました』

「で…、でも、俺下心が…」

『下心？』

言うのもみっともないけど、黒砂には嘘はつきたくなかった。

相手が猫だから言ってもいいというのではなく、こんなにも懸命に戦っている黒砂に偽りは言えないからだ。

「俺、巴さんが好きなんだ。だから、この一件に巻き込まれたことで、巴さんの側にいられるならいいなって…。彼のことは守りたいと思う。彼を辛い目に遭わせたくないとも思う。でもそれと同じくらい、彼の側にいたいって思ってるんだ」

『よろしいじゃありませんか』

黒砂は、それの何が悪いのかという顔で、ツンと顎を突き出した。

『それほどお好きになったのなら、お心も強くなりましょう。まして、側にいたいと願うのならば、死んで本望などという心弱いことはおっしゃらないでしょう。生きて戻って、主様のお側にいたいでしょう?』

「それはそうだけど…」

『前の殿方の奥様は、死ぬことが本懐を遂げるようなことを考えていて、失敗でした。死んでもいいなんて』

フッと鼻先で笑う。

『勝つ、というのは生き延びることです。その想いが強い方がよろしいのです』

そうか…。そういう考えもあるのか。

『お二人の心が一つになって、想い合っている今、まさに絶好の機会です』

「二人っていうか、一人と一匹だろ?」

『主様を一匹と呼ぶのですか?』

「いや、俺と黒砂」

『私は主様と奥様のことを言ってるのですよ?』

「俺と巴さん?」

ひょっとして、彼がインサートしたから『想い合っている』とか言ってるんだろうか。

「えっと…、黒砂。巴さんは発情期みたいなものだっただけで、気持ちは通じ合ってるわけじゃ…」

『何をおっしゃってるんです。互いを想い合うお気持ちは、確かに感じました』

まあいいか。

説明すると自分が惨《みじ》めになる。

『奥様は、身体は大人でもお心はまだ幼いのですね…』

呆《あき》れたように言われて、ちょっとムッとした。

「俺の気持ちは同調してるからわかるかも知れないけど、黒砂に巴さんの気持ちはわかんないだろ」

『わかりますとも。でもまあよろしいでしょう。そのうちお気づきになるでしょうから』

…何か上から目線で言われた気がする。

恋愛の機微《きび》に、猫より鈍感って言われたみたいで。

『そんなことより、猿共との戦いの時です』

「あ、それ。それが訊きたかったんだ。いつ猿と戦うの？」

『今です』

「今？　今って、今？」

『お戻りになったら、私と猿の掛け軸を並べてお掛けになってください。私が打って出ますので』

「俺は？　何をすればいいの？」

『何もなさらなくて結構です。ただ側にいらしてくだされば。祈ってくだされば』

黒砂の青い目が光った。

綺麗な瞳だと思っていたその目が、その美しさをそのままに性質を変える。まるで小さな黒い身体の中で、主人思いの健気な猫が、獲物を狩る獰猛《どうもう》な肉食獣に変わるように。

『祈ってください。心の底から。生き延びたい、戦いたい、守りたい。猿が憎い、一族を守りたい、主様に手を掛けさせない、私が強くあれ、と』

「それ…だけでいいのか？」

『爪も牙もないあなたに、他に何を望みましょう。戦いは私のもの、心の強さはあなたのもの。あなたの力がなければ、私はただ喰らうために、己の領域を守るためにのみ戦うだけです。周囲がどうなってもいいと思うかも知れない。私の心は、あなたよりもっと単純なのです。残念ながら』

言っていることが、わかる気がした。

黒砂は、『猫』なのだ。『獣』なのだ。

ただ黒砂という個人（個猫？）だけが、意思と愛情と忠誠を持っているだけで。戦って獣の本能のみになったら、黒砂個体の意思が消えてしまうかも知れないことを恐れてる。

そのために、正気を保ち続ける俺と繫がっていたいのだ。

ここからは多分だけど、戦闘を好む気持ちに勝るのは、人を想う気持ちなのではないだろうか？　殺すことが楽しくなっても、守りたい人を思い出せば、その手も止まる。

だから、主を想う『花嫁』と同調したがっているのかも。

自分も、主を想っている者だと、そのために戦っているのだと忘れないために。

「俺、祈るよ。絶対死にたくないもん。まだ巴さんに好きって言ってないし、巴さんに自由になって欲しいし、黒砂を現実の世界で抱き締めたいから」

『私…？』

「うん。俺、黒砂を抱き締めたい。お前のこと、好きだから」

黒砂は少し目を細めて、呆れたような顔をした。

『まあいいでしょう。それは私が生き延びる糧になるでしょうから。では、お戻りください。掛け軸を掛ければすぐに戦いを始めます』

「皆に被害は？」

『巻き込まれたくなければ、近寄らないことです。実体を手に入れれば、仇《あだ》なすこともできるようになりますので』

「皆を遠くへ逃がした方がいいの？」

『近づかなければ大丈夫です。奥様も、主様もあまりお近づきになりませんように』

世界の果てに黒い点が現れる。

また現実がやってくる。

黒砂との時間の終わりだ。

「俺、黒砂好きだから、それも忘れないで」

色が洪水のように押し寄せて来て白が塗《ぬ》り潰《つぶ》される。

「本当だから」

小さな猫の姿が、色に紛れる。

世界が押し寄せて来て、こんなにも必死に戦っている俺達を呑み込むように、黒砂が視界から消えてゆく。

「また会おうね、黒砂」


目を開けたのは、最悪のタイミングだった。

何故って、俺の始末をしてくれてる巴さんが、パンツを穿かせてくれている最中で、彼とばっちり目が合ってしまったから。

「穿かせてるんだよ」

「わかってます」

焦って言い訳する彼の手からパンツを引き継ぎ、自分で穿く。パンツは何にも引っ掛からず、するっと嵌まった。

…尻尾に引っ掛からない。

俺はすぐに頭に触れた。

猫耳もない。

黒砂が、俺から離れたんだ。

でも今はそんなこと気にしてる場合じゃない。

「黒砂と話して来ました」

「群真くん、耳…」

「わかってます。それより黒砂、戦うって言ってました」

「戦う?」

「今すぐです。掛け軸、二つ並べて掛けてくれって。そんで、みんなに近づくなって」

白い世界では何でもなかったけど、現実に戻ると、痛みと違和感に腰が重たい。

「…わかった。君は?」

「着替えます。実体で戦うらしいので、動きやすい服に」

「群真も戦うのか?」

巴さんは勢い込んで俺の肩を摑んだ。

「いいえ…。俺は祈るだけです。でも側にいて欲しいって言われたから、巻き込まれないようにしようと思って」

「そうか。じゃあ私も着替えよう」

ちょっとびっくりした。あんなに驚くなんて。

…心配してくれたんだな。

俺はすぐに自分の荷物から取り出したシャツとチノパンに着替えた。

巴さんは着替えるより先に、インターフォンで誰かに連絡を取った。多分絹さんだ。

「私だ。今から騒ぎが起こるが、誰も上に来ないように。みんなを起こして、いつでも逃げられるように準備させろ。…いや、大丈夫だ。私達には構うな」

強い口調で言って受話器を置き、彼もすぐに洋装に着替えると、寝室の隅にある棚から細長い桐箱を取り出した。

「明かりを点けてくれ」

命じられたまま、明かりのスイッチを入れる。

部屋はパッと光に包まれ、目が痛くなった。

彼が箱から掛け軸を取り出す間に、俺は重い身体を動かして、何とか布団を畳み、部屋の片隅へ積み上げた。

あの絵だ。

吠える猿と、木の上で眠る猫。

いや、猫は、黒砂はもう眠っていなかった。

頭をもたげ、目を開いている。

本当に、この絵の中に黒砂がいるんだ。

巴さんは床の間に掛け軸を二つ並べて掛けると、俺のところへ来て、強く抱き締めた。

「側にいる。絶対に嘘にしない」

それから、積み上げた布団を背に、並んで座って掛け軸を見つめた。

黒砂…。

俺は祈るよ。本当に心から祈り続けるよ。

お前が勝てば、この人は自由になれる。当主という地位からは逃げられないかも知れないけれど、どこへでも行って、何だってできる。少なくとも、いつか自分は死ぬのかも知れないという不確かな不安から解放される。

俺は、ここへ来てこの人の全開の笑顔は見たことがなかった。

いつも口元だけで穏やかな笑顔を見せるばかりだった。

俺はこの人にもっと笑って欲しい。何にも考えずに好きなことをして欲しい。

恋愛だって。

相手が自分じゃなくてもいい。

巴さんが心から好きになる人と幸せになって欲しい。

そして永い間一人で戦ってきたお前を、『ご苦労さま』と言って抱き締めてやりたいんだ。

「動く」

耳元で、巴さんが呟いた。

その言葉通りに、先に猫の絵が動く。

まるで掛け軸にアニメーションを投影しているように、黒猫が起き上がり、背を反らせて伸びをして、ぱたりと音を立てて畳の上に降り立つ。

『お気をつけて』

現実の世界で、初めて黒砂の声を聞いた。

「今のは…、猫か？」

それは巴さんにも聞こえたらしい。

「そうです。黒砂です」

もう一方の猿の絵も、動きだした。

黄色く濁った目玉がぎろりと動き、俺を…、いや、俺の隣にいる巴さんを見る。

画面の外にあった手が現れ、掛け軸の枠に掛かったかと思うと、「シャーッ！」と威嚇《いかく》しながら飛び出して来た。

弾みを付け、飛び上がる猿の身体に、黒砂が飛びかかる。

小さな子供ほどある猿の前では、成猫であるはずの黒砂も、小柄に見えた。その身体が、猿に摑まれ投げ飛ばされる。

「あ」

だが、黒砂はくるりと身を翻《ひるがえ》して着地した。流石は猫だ。

「群真くん…」

巴さんが、俺の腰に手を回して引き寄せた。

「これは…、現実か？」

信じられないのだろう。

俺だって、はっきりとは信じられない。けれど傍らに置かれていた文箱《ふばこ》のようなものを猿が摑んで投げた時、彼等は既に実体なのだと確信した。

「キーッ！」

「フーッ！」

獣達の声が響く。

猿は黒砂を睨みながら間合いを量り、手が届くものを摑んでは投げ付ける。

物が当たる音、壊れる音。

互いに威嚇し合いながら輪を描くように回る。

それがぴたり、と止まった次の瞬間、二匹は相手に向かって飛びかかった。

「黒砂！」

発情期の猫の泣き声を聞いたことがあった。獰猛で、恐ろしい声だった。あれよりももっと猛々《たけだけ》しい声。

けれど、悠長に眺めていられたのはそこまでだった。

ただの獣のケンカみたいに見えていた二匹の戦いから、風が起こる。

もはや白紙となった掛け軸が風に揺れ、ガタンと落ちる。

まるで小さな竜巻が飛び込んで来たかのように、風は部屋中に広がり、様々なものを倒し、転がした。

「群真くん、隣の部屋へ！」

つむじ風に巻き取られないよう、姿勢を低くしたまま隣室へ向かう。

だが風は追ってきて、その部屋も引っ掻き回した。

黒砂、黒砂。頑張れ。俺は絶対お前が勝つと信じてる。

二人で一緒に巴さんを守ろう。

地震みたいに畳が震える。

テーブルが生き物のように動きだし、壁に激突した。その上にあった湯飲みや急須《きゅうす》を畳に落として。

文机の上にあったパソコンのモニターも、コードを繋げたまま落下する。

猿は、黒砂の身体に手を掛けた。

黒砂が牙を剝いて猿の顔に嚙み付く。

恐ろしかった。

戦う、というものをこんなにまざまざと見せつけられるのは初めてだった。

実体があるせいか、互いの身体からは血が流れているのも、怖かった。

また黒砂が摑まれ、投げられる。黒砂は壁にぶつかる前に身体を翻したが、猿には一瞬の猶予《ゆうよ》ができた。猿はその猶予を、黒砂のためではなく、俺達に向かうことに使った。

血走った目が俺を捉え、飛びかかってくる。

ダメだ、逃げられない。そう思った瞬間、俺は畳に投げ飛ばされた。

「群真に触れるな！」

俺を突き飛ばして、巴さんが猿の前へ出る。

「巴さん！」

あなたが傷ついてはダメだ。俺達はあなたを守りたいのに。

もっとちゃんと考えればよかった。

巴さんがそういう人だって。

一緒にいたら、絶対に自分より他人を守る人なんだって。

だから、俺が気を付けていなくちゃいけなかったんだ。

「巴さん！」

猿が巴さんの腕に飛びつく。

歯を剝き出しにして雄叫《おたけ》びを上げる。

黒砂が走って来て猿に飛びかかる。

猿の牙が、巴さんの腕に喰い込み、皮膚が裂けて鮮血が滴《したた》る。

苦痛に満ちた彼の顔。

嫌だ。

俺のものでなくてもいい。

俺のことなんか嫌いでもいい。事が終わったら東京に帰れと言われてもいい。ずっと重荷の下で穏やかに笑ってるだけで、他人のために人生を使っていた人に、自分のことだけ考えて笑えるような日々を贈りたい。

だから止めて。

誰か止めて。

彼が傷つくことを止めて。

巴さんを守って。

巴さんを守らせて！

「いやだ……！」

でも巴さんは猿を振り払わず、噛み付かせたまま壁に叩きつけた。

「私がお前を倒せないと思うな」

絞り出す声。

「私の大切なものを奪おうとするなら、私にだって怒りはある。殺意も湧く。逃げて怯えてばかりいるのが『人』だと思うな！」

自分の腕を猿の口に押し込むようにして猿を壁に押し付ける。

部屋中に、物が飛び交っていた。

自分にも、何かが当たって痛みが走った。

猿は叫びを上げ、手足をバタつかせながら巴さんを引っ掻き続けたがそこに黒砂が飛びかかった。

喉笛に、猫の鋭い牙が喰い込む。

「ギャァァ…ッ！」

耳をつんざくような悲鳴が空気を震わせる。

「巴さん！」

俺がしがみつくと、彼は猿から腕を離した。ぼたりと鈍い音を立てて猿の身体が床へ落ちる。それでも、喉に噛み付いた黒砂は離れなかった。

一つの塊になって、畳の上を転げ回る。

猿の手が、何度も何度も畳を掻き、い草《ぐさ》の目が荒れ、畳表が破れてゆく。その上から、どちらのせいかはわからないが、部屋の小物が降り注ぎ、部屋を隔てる襖も飛んだ。

それでもつむじ風の真ん中で二匹はもつれ合い、叫び続ける。

だが、猿がゴボリと血を吐き出すと、風が止んだ。

「…黒砂」

ぶくぶくと、泡のように血が溢れ、猿の手が宙を掻く。

見ると、黒砂の身体にも傷が残り、毛が剝《は》げていた。

やがて猿が動かなくなると、黒砂はその口を離し、へなへなとその場に倒れた。

「黒砂！」

その身体を拾い上げ、抱き締める。

黒砂の身体は、本当の猫のように微かな呼吸をしていた。

「黒砂…」

勝ったの？　終わったの？

猿は倒れたの？

動かない猿に目をやると、背後から巴さんが声をかけた。

「猫は？」

「わかんない。生きてるみたいだけど…」

「群真くんは、怪我は？」

「俺は全然。巴さんこそ、何で…。戦うのは俺と黒砂だって言ったのに！」

「私だって、君を守りたかったんだ」

「俺なんか…」

「君が傷つくのは嫌だった」

彼の手が、俺の腕の中にいる黒砂を撫でる。

腕には猿の噛み痕も生々しく、まだ血が流れていた。

「君が傷つくのが嫌だったんだ。君が、大切だから」

「それで巴さんが怪我をしたら、元も子もないじゃない！　すぐ手当てしないと」

黒砂を抱いたまま、立ち上がろうとした時、部屋が大きく傾いた。

「…地震？」

地鳴りのような音が響き、ミシミシと柱を鳴らして建物が揺れる。

「群真くん」

彼の手が、俺を守るように抱き寄せる。

「猿が…」

足元に横たわる猿の身体が微細な粒子となって崩れ始める。まるで最初から砂でできていたものが、元の姿に戻るように。

暫くして長い揺れが収まった時には、毛皮の塊だった猿の姿は完全に消え去っていた。

「今の…」

「完全な終焉《しゅうえん》のようだな」

『いかにも、然様でございます』

俺の腕の中にいた黒砂が、むくりと身体を起こした。

『めでたく猿めに勝利いたしました』

「黒砂」

『あれが本條のお家に仇なすことはもうございません。私の勝ちです』

「本当に？　終わったの？」

黒砂はひらりと俺の腕から飛び出て、巴さんの前に立った。

『主様。長らくご心配をおかけいたしました。奥様のお力添えもあり、戦いは無事終焉いたしました。猿めは完全に消え去り、もう二度と戻ることはないでしょう』

ぺこりと頭を下げる猫を前に、巴さんが膝をつく。

「お前は…、大丈夫か？」

『私をご心配くださるのですか？』

「私達のために傷ついたのだろう？」

『私は私の望みのために戦いました。私の主様を苦しめた者への敵《かたき》を討《う》ったのです』

「私のためでなかったとしても、君の…、黒砂のお陰で私達は助かった。何とお礼を言えばいいのか」

『そのお言葉だけで、ありがたいことです。年を経ても、最後に主様にお喜びいただけるのならば、喜んでこの世を離れることができます』

「最後なんて言わないで！」

俺は二人の会話に割って入った。

「言ったじゃないか。終わったら、普通の猫になってって。俺がちゃんと可愛がってあげるからって。抱き締めてあげるからって」

『然様ですね…。奥様が私との別れを惜しんでくださるのなら、もう少しこの世に留まってもよろしいかも知れませんね』

「残ってよ！　そんな、戦わせるだけ戦わせて、終わったらさよならなんて嫌だよ。黒砂はもっと愛されるべきだよ」

猫は俺を見て、にんまりと笑った。

『ありがとうございます。それでは奥様のために、現世に残ることにいたしましょう。ですが、今暫くはこの身体を休めなくてはなりません』

黒砂は、床へ落ちた掛け軸を見た。

『再びあの中にて身体を癒《いや》した後、主様と奥様の前に戻りましょう。戻って後は、お二人の側でこのお家の繁栄をもう少し見守るのもいいでしょう』

「繁栄とかどうでもいいから、絶対戻って来てね」

『奥様』

黒砂は俺を見て、ニッと笑った。

『もう私の言葉を信じられるのではないですか？　猿よりあなたを守ろうとなさった主様を、もう発情期とは思いますまい？』

「黒砂！」

それをここで言うか。本人がいるのに。

『それではまた、すぐにお会いいたしましょう』

だが黒砂は言うだけ言うと、くるりと背を向け、掛け軸に向かってぴょんと飛び込み、そのまま姿を消した。

「黒砂」

慌てて掛け軸を取り、広げると、白紙だった紙にはまた前と同じ木の上で眠る黒猫が描かれていた。ただ、今度はその猫のお尻の部分が、少しだけ色が剝げていた。黒砂が怪我をしていた部分が。

「群真くん」

「黒砂、戻って来るって…」

「ああ。言ってたね。私にも聞こえたよ。それより、私が発情期ってどういう意味だい？」

…巴さんも今、それを訊くか。

「や…、それは…」

「私が君を抱いたことかい？」

「そ…、そんなことより、腕の怪我の手当てしましょう。あ、その前にこれをちゃんと掛けないと」

巴さんは俺の手から掛け軸を取り上げると、床の間にそれを掛け、再び俺の前に立った。

「さ、これでいいだろう」

「じゃ、手当てを」

「群真くん」

怪我をした腕が、俺の肩を摑む。

怒ってるんだろうな。そりゃ、義務でしてることを発情期呼ばわりされたら誰だって怒るだろう。

「ご…、ごめんなさい。いや、わかってるんです。男としてその気になったら欲望に流される時もあるって。それにあの時は黒砂に会うためにしなきゃならなかったわけだし…」

「私が、欲望だけで君を抱いたと思ってるのか？」

「いや、そんなことは…。巴さんは責任感があるから、男なんて相手にできなくても頑張ってしたことだって…」

「責任感なんかじゃない」

彼は声を張って、否定した。

「…巴さん」

怒ってる…んじゃない？

「私は、君が好きだから抱いたんだ」

「巴さん…？」

何を…。

「これでもう、君が花嫁でいる理由はなくなった。きっと今すぐにでも東京に帰りたいだろう。だが、どうか、私の側に残って欲しい」

「え…？」

「君が好きなんだ」

巴さんはもう一度繰り返した。

「最初は義務と責任で手を出した。そのことは否定しない。でもさっきのは…、自分の気持ちだ。もちろん酔っていたからでもない。群真くんが好きで、我慢できなかったんだ。君と一緒にいて、君の言葉に、態度に惹《ひ》かれた。一生懸命に頑張る姿に、純な心に惹かれた。だからこれが最後かも知れないと思うと、自制できなかった。それぐらい君が好きなんだ」

「嘘…」

「嘘じゃない。変態と呼ばれる覚悟で白状するが、自分の腕の中で震えながら身を任せて来る君に、欲情したんだ」

「いや、だからそれは男として…」

「抱いたから好きと言ってるんじゃない。好きだから抱いたんだ。君を全部手に入れたかったから、挿《い》入れたんだ」

「と…、巴さん」

「いきなり花嫁になってくれとは言わない。でももし俺のことを嫌いでなかったら、側にいて欲しい。男同士だけれど、付き合うことを考えて欲しい」

これは…、黒砂の神通力?

だって、巴さんが俺を好きだなんて、あり得ない。

俺には巴さんを好きになる理由はいっぱいあるけど、巴さんがこんな平凡な俺を好きになってくれる理由なんて、あるわけがない。

でも真っすぐに俺を見つめる彼の目は、真剣だった。

肩を摑む腕は、力強かった。

「俺…、全然いいところなんかなくて…」

「ずっと私のことを気遣ってくれて、私の持ってるものに目を向けるのではなく私自身のことだけを見てくれた。それだけで嬉しかった。抱いていても、必死に耐える姿が可愛くて、男だろうと何だろうと、我慢できなかった。私が君に勃起したのは気づいていただろう?」

…この人、やっぱり天然だ。

こんなこと平気で口に出せるなんて。

「男に欲情したのは君が初めてだ。相手の気持ちを無視してでも、その欲望を遂げたいと思ったのも君が初めてだ。…すまなかったとは思ってる。謝って済むことじゃなかったかも知れないが」

最中に、ごめんと呟いていたのは、そのことだったのか。

ああ、どうしよう。

嬉しくて、泣いてしまいそうだ。

だって、絶対終わりだと思ってた。

自分の方が、事が済んだらどうやってこの人に会おうかと考えていた。接点なんかないし、立場も違うし。巴さんは自由になって、きっと可愛い彼女を探すだろうと思っていた。

なのに、俺がいいと言ってくれるなんて。

「群真くん」

「俺…も、好きです」

黒砂。

お前の言葉を信じるよ。

互いに想い合ってるって言ってくれたお前の言葉を。

猿に勝てたのは、俺が巴さんを好きで、巴さんが俺を好きで、お互いが相手を守りたい、死なせたくないって思ったからお前に力を与えることができたんだって。

「俺だって、あなたが好きだから、どうやってここに戻って来れるかって考えてました。ここが気に入ったからここに就職したいんじゃありません。少しでも巴さんの側にいたいと思ったから、こっちで働きたいって言いだしたんです」

「本当に？　信じていいのかい？」

「俺こそ『本当に？』です。俺の気持ちに気づいて、これが花嫁の報酬だって言うんじゃないんですか？」

彼は俺をぎゅうっと抱き締めた。

「これが報酬になるなら、いくらだって払ってあげる。ずっと私の側にいてくれ。もう一度抱かせてくれ。今度こそ、何の理由もつけず、私の求めに応えてくれ」

「…今すぐでなければ」

真面目に答えたのに、彼は笑った。

「わかってる。この部屋じゃね。…キス、していいかい？」

一度は拒んだ申し出だった。

でももう拒む理由はない。

これは、雰囲気を出すためでも、男としてその気になったからでもなく、俺を求めてのことだとわかったから。

「はい」

変な気分。

三度も抱かれて、身体も受け入れたのに、俺達にとってこれが初めてのキスなのだ。

頬に添えられる手。

近づく顔。

唇は重なり、舌が口に中に入り込む。

俺の舌と絡まり、吸い上げ、噛み付くように何度も深く求めてくる。

濃厚で、濃密な口づけ。

キスぐらいなら俺だってしたことはあるけれど、そんな過去の経験なんか吹っ飛んでしまうほど、激しいキスだった。

この人はやっぱり大人で、こういうことに慣れてるんだ。

でなければたかがキスだけでこんなに腰が抜けてしまうわけがない。

ようやく彼が唇を離した時には、俺はもう一人で立ってることができなくて、彼にしがみつくので精一杯だった。

「群真」

彼が微笑んで俺を見る。

「どうか、私と結婚してください。今度こそ、本当の花嫁になってくれ」

男同士だとか、周囲の人間に何と説明するのかとか、一瞬頭の中を過った。

でも俺の返事はただ一つだけだった。

「喜んで。…末長くよろしくお願いします」

彼の側にいられる。

その喜びに包まれて…。


俺がプロポーズの返事をした後、彼はもう一度俺にキスをしてからインターフォンで階下の人達を呼んだ。

荒れ果てた部屋を見せ、伝説が事実であり、それが全て終わったことを伝えるために。

それから、その全てが俺のお陰だと説明した。

皆を呼ぶ前にそれを言われた俺は、そんなこと言わなくていいと言ったのだけれど、彼は俺がこれからもここにいる理由を皆に納得させるためにはそれがいいと言うので、黙って従うことにした。

絹さんを始めとした本家の使用人達は一様に驚き、恐れ、俺に感謝した。

箪笥《たんす》や棚は倒れ、物が飛び散り、巴さんの腕は血まみれ。俺達は気が付かなかったが、柱にもヒビが入っていた。

まして階下でも感じたあの大地震もあり、彼等は全てを信じてくれた。

取り敢えずここは片付けるから今夜は別室で休んでくれと言うので、巴さんの怪我の手当てが終わると、俺達は階下の座敷で改めて身体を休めた。

布団は二つ敷かれていたのに、巴さんは俺の布団に入ってきて、初めて俺を抱いた時、可愛くて好きになってしまったとか、だから一緒に公園に出掛けた帰りのコンビニであのコンドームとベビーオイルを買ったのだと教えてくれた。

一度目は義務だったが、二度目にはもう欲情していた。気を失った俺を前に、惨めな気分で一人で済ませた。だから三度目の正直で、俺が意識を失わなかったことで抱く理由ができたと思って手を出し、俺が彼に手を伸ばしたことで我慢が利かなくなったのだと、こっちが聞いて恥ずかしくなるようなことを告白してくれた。

巴さんは、大人で、落ち着いてて、仕事をこなしてる立派な社会人だけど、やっぱり絶対どこかが抜けてるんだと思う。

いくら俺が同性で、ざっくばらんに話せるのだとしても、告白しすぎだ。

お陰で、その腕に抱きかかえられながら、俺は恥ずかしいやら嬉しいやら、腰が痛いやらでなかなか寝付けなかった。

翌日、改めて一同の前で、巴さんは俺を『嫁』として紹介した。

「あの部屋を見て、もう皆は伝説が事実だということは納得してくれたと思う。彼は、私とこの家を守ってくれた。もし彼がいなかったら、私達は全員猿の化け物に殺されていただろう。男性でありながらその身を呈して花嫁としての役割を果たし、私達を守ってくれた広江群真くんには、感謝の言葉もない。彼の厚意に応えるために、私は彼が大学を卒業したらこの家に迎えようと思っている。もちろん反対の者はいないな?」

絶対的な権威をもって、彼は一同に言い渡した。

そこには使用人だけではなく、分家の偉い人達も揃っていたのだが、もちろん、反対を唱える者は誰もいなかった。

むしろ絹さんなんかは、俺の手を握り、涙ながら何度もお礼を口にした。ありがたい、これでこの家も安泰だ、と。

俺がしたことなんて大してないのに、申し訳なくて、気恥ずかしくなってしまう。

本当は、猿に立ち向かった巴さんの方が感謝されるべきなのに。

それから、俺達は二人きりで猫の社に出向いて、お礼を捧げた。

「黒砂が戻って来るまで、掛け軸はここに収めておこうと思う」

「黒砂、戻って来るよね?」

「今まで黒砂が口にしたことは全て真実だったのだから、きっとこの約束も果たされるさ。

それまで、家にいる猫でも可愛がるといい」

初めてここに立って、巴さんと出会ってから、ほんの数日の出来事だった。

けれど、信じられないほど濃密な日々だった。

ホント、俺が男の人を好きになって、ずっと一緒にいたいと願うなんて、あの日の俺は想像すらしなかった。

「あの部屋は暫く使えなくなったから、新しく二人で住める部屋を造るよ。君の声を他人に聞かれないように、ちゃんとした部屋をね」

「俺の声って」

「やはり夜の営みは誰にも知られたくないだろう?」

真顔で言う彼に、やっぱり負ける。

「新しい部屋はいいとして、さっき巴さんが言ったように、俺にはまだ大学があるから、そろそろ東京に戻りますよ」

俺が言うと、彼は少し慌てた。

「そろそろ?　まだ夏休みだろう?」

「親に顔見せないといけないし」

「私から離れたくないとは思わないのかい?」

「思ってます。だから、今度は巴さんが東京に来てください。あなたはもうどこへでも行け

るんだから。俺、そのために頑張ったんですから」

「どこへでも、か…」

巴さんはふっと微笑んだ。

諦めるようなものではなく、自嘲《じちょう》するようなものでもなく、心から湧き上がってくる喜びを堪能するような笑みを。

ああ、よかった。

この人のこの微笑みを見ることができて。

「そうだな。東京へ行くよ」

彼の手が俺の手を取る。

強く握り、軽く唇を重ねる。

そして、顔を赤くした俺に向かって、大人すぎる発言をした。

「だから、二回目は、東京のホテルのスイートルームで、ということにしようか?」

全開の笑顔で…。

あとがき

皆様初めまして、もしくはお久しぶりでございます。火崎勇です。

この度は『恋と主と猫と俺』をお手にとっていただき、ありがとうございます。

イラストの北沢きょう様、素敵なイラストありがとうございます。担当のT様、色々とありがとうございました。


今時珍しくない猫耳ですが、自分が書くのはもしかしたら初めてかも。皆様がお書きになってるので、後発で恥ずかしいです。

というわけで、このお話、いかがでしたでしょうか？　普通の男の子の群真と、天然っぽい巴。

巴という人は、期待や不安な運命を早いうちに受け入れて、悟ってしまった人間でした。周囲も、彼がそうであるべきと思っていたので、心配されたりすることはなかったのです。本家の主ということで、周囲は大人ばかりでしたし。

そんな中、現れた群真の普通さというか純粋さに惹かれたんですね。

これからは、巴を縛るものは何もないので、彼は好き放題でしょう。

東京へ行って、高級ホテルに泊まって、群真を甘やかし放題、振り回し放題。大学があるからと言っても、卒業したら自分のところに来るんだから、無理する必要はないとか言ってホテルから出さない。

顔がよくて金持ちだから、色んな女性が言い寄ってきても、群真しか目に入らない。天然なので「群真より愛しい者はいないよ」とか平気で言っちゃう。

群真狙いの男や女が現れても、「彼は私のものだから」とか言い出して、群真を慌てさせることも。もうベタベタですよ。

群真が大学を卒業したら、二人で一緒に住んで、普通の猫として現れた黒砂を可愛がって、幸せに暮らすでしょう。

心密かに、巧がちょっかい出したら面白いのにな、とは思ってますが…。

それではそろそろ時間となりました。またの会う日を楽しみに。皆様ごきげんよう。

火崎勇先生、北沢きょう先生へのお便り、
本作品に関するご意見、ご感想などは
〒101-8405
東京都千代田区三崎町2-18-11
二見書房　シャレード文庫
「恋と主と猫と俺」係まで。

本作品は書き下ろしです

CHARADE BUNKO

恋《こい》と主《あるじ》と猫《ねこ》と俺《おれ》

【著者】火崎勇《ひざきゆう》

【発行所】株式会社二見書房
東京都千代田区三崎町2-18-11
電話　03(3515)2311[営業]
　　　03(3515)2314[編集]
振替　00170-4-2639
【印刷】株式会社堀内印刷所
【製本】ナショナル製本協同組合

落丁・乱丁本はお取り替えいたします。
定価は、カバーに表示してあります。

ISBN978-4-576-14007-0

http://charade.futami.co.jp/

CHARADE BUNKO

スタイリッシュ&スウィートな男たちの恋満載

矢城米花の本

無理矢理抱かれている奴が、こんなによがり泣くものか

金《きん》蘭《らん》之《の》契《ちぎり》~皇子と王子に愛されて~

イラスト＝天野ちぎり

人質の王子・火韻の従者として帝国に暮らす琉思は、毎夜、皇太子・藍堂の寝所で彼の牡を受け入れている。一方、藍堂はその痴態に満足しながらも、琉思の忠誠心が子供のようにやんちゃな火韻に向いていることに不満を覚える。美しき従者を独占するため、藍堂は火韻の目の前で琉思を犯し、主従で番えと命じるが――。